Karl Oberleitner

Arminius

Trauerspiel in fünf Aufzügen

Karl Oberleitner

Arminius
Trauerspiel in fünf Aufzügen

ISBN/EAN: 9783742897794

Hergestellt in Europa, USA, Kanada, Australien, Japan

Cover: Foto ©Andreas Hilbeck / pixelio.de

Manufactured and distributed by brebook publishing software (www.brebook.com)

Karl Oberleitner

Arminius

Arminius.

Trauerspiel in fünf Aufzügen

von

Karl Oberleitner.

Alle Rechte vorbehalten.

Wien, 1882.

Huber und Lahme.

Dem theuren Freunde

Hans Grasberger

gewidmet

vom Verfasser.

Personen.

Arminius, Fürst der Cherusker.
Ingomar, Fürst der Cherusker.
Bertha, Tochter des Ingomar.
Flavus, Bruder des Arminius.
Germanikus, Cäsar.
Cäcina, römischer Legat.
Marcella, Witwe des Varus.
Fürst der Chatten.
Fürst der Bructerer.
Fürst der Teuterer.
Fürst der Marsen.
Fürst der Longobarden.
Oberpriester des Wodan.
Eine Cheruskerin.
Ein römischer Tribun.
Centurionen. Priester des Wodan. Krieger des Arminius und Ingomar. Römische Krieger.

Die Handlung spielt in Germanien.

Erster Aufzug.

Waldwiese. Rechts das Gehöfte des Ingomar.

(Ingomar und Bertha.)

Ingomar (stützt sich auf den Ast einer Eiche). Maßlos ist der Schmerz des Arminius um Thusnelda, die im letzten Kampfe mit Segestes und mit Germanikus in römische Gefangenschaft gerieth. Er schwört nicht blos dem Segestes Rache, er läßt auch mich seinen Unmuth fühlen. Grollend verließ er mein Gehöfte.

Bertha. Vergib das harte Wort, das von seinen Lippen kam, — es galt nicht Dir, — dem Germanikus, der sein Weib in sein Lager bringen ließ. Du sahst nicht in seinem Auge die Thräne glänzen, als er, den Schmerz niederkämpfend, von Dir ging.

Ingomar. Vertheidige ihn, ich aber weiß, daß sein Haß auch mich verfolgt.

Bertha. Bist Du ihm freundlich gesinnt? Du überhäufst ihn mit Vorwürfen ob des Ehebundes, den er mit Thusnelda schloß. Und Du bist doch der

Bruder seines Vaters, von dem er fordern kann, daß er mit ihm um das theure Weib trauert.

Ingomar. Ich soll seine unüberlegte That preisen? Segestes hatte seine Tochter schon einem Andern verlobt, und doch entführte Arminius sie heimlich dem erzürnten Vater. Dies war nicht blos das Abenteuer eines Liebesbrünstigen, — es war eine folgenschwere That.

Bertha. Die bezaubernde Schönheit, die tiefe Leidenschaft der Thusnelda entschuldigen das kühne Wagniß.

Ingomar. Wie falsch war auch sein Glaube, daß sich Segestes mit ihm gegen die Römer verbinden werde!

Bertha. Er suchte nie dem Segestes als Freund sich zu nähern, er verachtete den Anhänger des Augustus, den Verräther seines Vaterlandes.

Ingomar. Sonst schließt sich der Eidam innig an die Eltern seiner Braut an; der Ehebund zwischen Arminius und Thusnelda aber gebar nur Nachsucht und blutigen Streit.

Bertha. Segestes konnte doch das Glück der Liebenden nicht zerstören. Je mehr sein Haß gegen Arminius wuchs, um so liebevoller schmiegte sich Thusnelda an den Mann ihrer Wahl. Sie stand Arminius immer liebwirkend zur Seite.

Ingomar. Im Eifer, die That des Arminius zu beschönigen, verschweigst Du, wie viel Blut von freien Männern für sein Liebesglück geflossen. Germanien ist von Neuem durch das Heer des Germanitus gefährdet. Trägt nicht der Heißsporn Arminius die Schuld daran? Kaum hatten ihn seine Anhänger von den Ketten befreit, in die ihn Segestes legen ließ, so brach er wieder den Landesfrieden. Es galt Thusnelda, die Segestes in seiner Burg zurückhielt, mit Gewalt heimzuführen. Der Krieg entbrannte, und Segestes rief in seiner Bedrängniß die Römer zu Hilfe. Germanitus zauderte nicht, mit seinem Heere heranzurücken, erfocht den Sieg und ließ Segestes wie auch Thusnelda nach Ravenna bringen. Nun steht der Cäsar in unserem Lande, droht uns mit dem Schwerte; der Sieger will jetzt die Niederlage des Varus rächen.

Bertha. Dir bangt vor dem Erfolge unserer Waffen? Steht nicht Arminius an der Spitze der Krieger? Arminius, der Varus schlug, wird auch den Germanitus besiegen.

Ingomar. Mein Herz erbebt nicht vor dem Stoß eines römischen Speeres, doch es erzittert vor der Kampflust des Arminius. Ein ungestümer Angriff kann unsere Wehrkraft brechen, — eine verlorene Schlacht wird unsere Freiheit vernichten.

Bertha. Arminius handelt rasch, doch prüft er früher seine Pläne. Auch weiß er sich zu mäßigen, wenn die Klugheit es erheischt. Hat er nicht Varus durch listige Vorspiegelungen getäuscht, durch geheuchelte Friedensliebe in seine Falle gelockt?

Ingomar. Damals hörte er noch auf die Rathschläge seiner Freunde, jetzt aber feindet er sie an, stößt er sie in seiner Liebesraserei zurück. Thusnelda ist der einzige Gedanke, der ihn beseelt und beherrscht. Er greift nicht zum Schwert, um sein Vaterland zu vertheidigen, sondern um sein gefangenes Weib zu befreien.

Bertha. Verwaist ist sein Haus, Thusnelda schmachtet in den Fesseln des Erbfeindes; kannst Du ihn verdammen, wenn der Schmerz ihn zur Rache aufstachelt? Es kämpft doch Jeder für sein Weib und Kind. Warum soll nicht Arminius für Thusnelda den Speer schwingen? Er wird im Kampfe sein Vaterland nicht vergessen. So warm wie für Thusnelda schlägt auch sein Herz für die Freiheit Germaniens.

Ingomar. Doch nicht alle Fürsten werden für Thusnelda das Schwert ziehen, und vereinigen sich nicht alle germanischen Stämme zum gemeinsamen Widerstande, so muß Arminius allein der Macht des Germanikus unterliegen.

Bertha. Auch Du versagst ihm den Beistand?

Ingomar. Ich kämpfe nicht für die Tochter des Segestes.

Bertha. Dann geht Arminius dem sicheren Untergang entgegen.

Ingomar. Du kannst ihn vor diesem Schicksal bewahren. Du warst stets die Vertraute seines Herzens, —

Bertha (für sich). O wäre ich es nie gewesen!

Ingomar. Besänftige sein Gemüth, suche ihn von einem Gewaltstreich zurückzuhalten.

Bertha. Wird es mir gelingen? Konnte ich hindern, daß er Thusnelda entführte?

Ingomar. Hätte der Heißsporn sich mit Dir vermählt, so wäre das neue Unheil nicht über uns hereingebrochen, hätte der Cheruskerstamm sich nicht in drei Theile gespalten. Noch sind die Krieger des Arminius nicht versammelt, noch ist das Heer des Germanitus nicht herangerückt; benütze die kurze Frist der Waffenruhe, seine Kampflust zu zügeln. Bewege Arminius, ehe er zum Angriff schreitet, den Rath der Stammesfürsten einzuholen.

Bertha. Doch wenn die Fürsten seinem Rufe nicht folgen?

Ingomar. Sie kämpfen Alle für die Freiheit des Vaterlandes.

Bertha. Für Germanien! Wohlan! Arminius soll keinen Rachekrieg beginnen. Ich will ihn mit Schild und Speer bewaffnen, wenn er sich für die Freiheit Germaniens begeistert.

Ingomar. Die Fürsten werden kommen, sich mit mir zu berathen. Geh' und fülle das Trinkhorn.

(Bertha geht ab.)

Ingomar (allein.) Arminius schätzt ihren edlen Sinn; ihre begütigenden Worte verscheuchten oft die Zornesfalte von seiner Stirne. Sie wird auch jetzt den Heißsporn von dem Kampfe zurückhalten. Er darf den Feind nicht herausfordern. Wird er sich dem Rath der Fürsten unterwerfen? Der Sieg über Varus erhöhte nicht nur sein Ansehen bei den Volksstämmen, steigerte auch sein Selbstgefühl. Er betrachtet sich als den Befreier Germaniens, uns Fürsten als seine Waffenträger. Wir müssen seinen Stolz brechen. Der Augenblick ist günstig, er kann unsere Hilfe nicht entbehren. Arminius muß sich unserem Willen fügen. (Der Fürst der Chatten tritt auf.)

Ingomar. Sei mir gegrüßt, Fürst der Chatten.

Der Fürst der Chatten. Ich bin es nicht mehr. Gewähr' mir Obdach in Deinem Gehöfte.

Ingomar. Du bist auf der Flucht?

Der Fürst der Chatten. Ich bin aus meinem Lande vertrieben.

Ingomar. Die Römer brachen in Deine Gaue ein?

Der Fürst der Chatten. Germanikus überfiel mich unerwartet mit seinem Heere. Unmenschlich war sein Handeln; er ließ im ganzen Lande die wehrlosen Greise, Weiber, Kinder niedermetzeln oder als Gefangene fortschleppen.

Ingomar. Deine Krieger versuchten keinen Widerstand?

Der Fürst der Chatten. Sie wurden, ehe sie sich zum Kampfe rüsten konnten, zerstreut, schwammen über die Eder und suchten die Römer abzuwehren, die den Bau einer Brücke anfingen. Bald aber wichen sie vor den Wurfgeschossen und Pfeilschüssen der Römer zurück, und als Einige von ihnen vergebens mit dem Feinde zu unterhandeln suchten, Andere zu Germanikus hinüberflohen, gaben sie ihre Dörfer preis und zerstreuten sie sich in die Wälder.

Ingomar. Kein Nachbarstamm trat für Dich in den Kampf ein?

Der Fürst der Chatten. Die Marsen wagten wohl, eine Schlacht zu schlagen, doch Cäcina besiegte sie und warf sie zurück. Der Cäsar aber steckte Mattium in Brand und verheerte das flache Land.

Ingomar. Grauenhaft! — Germanikus nennt uns Barbaren, doch wohin er kommt, mordet er die Wehrlosen, brennt er Alles nieder. (Die Fürsten der Marsen, Brukterer und Tenkterer treten auf.)

Der Fürst der Marsen. Ingomar! Biete auf Dein Gefolge, rette den Fürsten der Chatten.

Ingomar (zeigt auf den Fürsten der Chatten). Es ist zu spät. Der Fürst der Chatten steht als Flüchtling vor Euch.

Der Fürst der Tenkterer. Dann ziehen wir vereint dem Feinde entgegen.

Ingomar. Wir sollen jetzt den Kampf beginnen? Wir sind hiezu zu schwach. Die Uebermacht des Germanikus wird uns erdrücken. Cäcina steht mit vier Legionen und fünftausend Mann Hilfstruppen sammt dem Aufgebot der Deutschen des linken Rheinufers zum Vormarsch bereit: Germanitus selbst führt eben so viele Legionen und die doppelte Anzahl der Bundesgenossen ins Feld. Wie viel Streiter können wir ihnen entgegenstellen?

Der Fürst der Brukterer. Die Sueben werden zu uns stoßen.

Ingomar. Noch hat ihr Fürst sich nicht für uns erklärt. Es zögern auch die Longobarden heranzuziehen, weilen die Usipeter, Angrivarier und andere Völkerschaften unentschlossen in ihren Gauen. Wenn nicht alle freien Stammesgenossen Germaniens sich zur Abwehr verbünden, so bleibt jeder Angriff ein tollkühner Versuch. Wir dürfen jetzt auf freiem Felde dem Feinde keine Schlacht anbieten. Die Wälder sind unser Bollwerk, sie hindern Germanikus, seine ganze Streitmacht gegen uns zu entfalten. Wie der Waldstrom in den Schluchten die Wässer sammelt, so sollen alle Stämme sich dort vereinen, und wenn ganz Germanien um einen Führer sich geschaart, dann stürzen wir gleich dem wilden Strome verheerend aus den Wäldern.

Alle Fürsten. Arminius sei unser Führer!

(Arminius tritt aus dem Walde.)

Arminius. Ihr ruft mich? Wo sind Eure Krieger? Ich will sie zur Schlacht führen.

Ingomar. Die Krieger lagern noch in ihren heimatlichen Gauen.

Arminius. Ihr habt Euch berathen, konntet Euch nicht einigen? Soll Germanikus jeden einzelnen Stamm vernichten, weil Ihr aus Selbstsucht und Eifersucht nicht den Muth gewinnt, das Schwert zu ziehen?

Ingomar (erregt). Du beschuldigst uns des Eigennutzes und der Herrschsucht? Schwingst Du den Speer, um das Vaterland zu vertheidigen? Schwingst Du ihn nicht, um Dein geraubtes Weib zu befreien? Nur Liebesraserei, Rachgier entflammen Dich zum Kampf!

Arminius. Dich empört nicht, wie schändlich Segestes und Germanikus an mir gehandelt? Fürwahr ein edler Vater, ein großer Kriegsfürst, ein muthvolles Heer, die mit tausend Armen ein einziges, schwaches Weib hinweggeführt — ein Weib, das heldenmüthiger als sie, nicht Thränen vergießend, noch mit Worten sich demüthigend vor den Cäsar trat. Die Hände unter dem Kleide faltend, auf ihren gesegneten Leib schweigend niederblickend, so stand Thusnelda vor ihrem Räuber. Dich rührt nicht die Seelengröße dieses Weibes, Dich erzürnt nicht die Niedertracht des Segestes? Was kümmert Dich mein Schmerz, Dir ward Thusnelda nicht geraubt. Ja, Du frohlockest wohl, daß man sie mir entrissen hat.

Ihr Stammesfürsten entscheidet, ob ich im Unrecht bin, um Thusnelda zu trauern. Verdammt Ihr auch mich, daß ich um ein solches Weib das Schwert ziehe? Wer von Euch, wenn ein Gleiches ihm widerfahren wäre, würde nicht zum Kriege entflammt? Wer von Euch würde nicht, vom Schmerz erfüllt, von Liebessehnsucht verzehrt, nach Rache rufen? — Ihr senkt das Haupt. Ihr verdammt mich nicht! (Zu Ingomar.) Nur Du hast kein Mitgefühl für mein Leid; kalten Sinnes klagst Du den Sohn Deines Bruders, den Sieger über Varus an, daß er sein Vaterland nicht liebe, weil er die Fesseln seines gefangenen Weibes zerhauen will. Hört nicht auf ihn, Ihr Stammesfürsten, folgt mir in den Kampf!

Ingomar. Dein leidenschaftlicher Vorwurf fordert mich nicht zur Vergeltung heraus; zu ernst ist die Lage, um uns selbst mit dem Schwerte zu bedrohen. (Zu den Fürsten.) Versendet keinen Pfeil, stoßt den Speer in den Boden, bis alle Stammesfürsten sich zum Kriege gerüstet.

Der Fürst der Marsen. Ich will Eilboten senden, daß sie mit ihren Kriegern heraufkommen.

Alle Fürsten. Wir lagern, bis alle Stämme sich verbunden, in den Wäldern.

Arminius. So wenig vertraut Ihr auf Eure Kraft? Ich siegte allein mit meinen Cheruskern über drei Legionen, über drei Legaten.

Jngomar. Doch jetzt steht die ganze Heeresmacht des Germanikus uns gegenüber.

Arminius. Ihr flieht in die Wälder, wenn hell die Wachfeuer des Feindes auflodern? So handeln freie, tapfere Männer? Ihr werft die Speere nur, um Bären zu erlegen? Verschießt Eure Pfeile auf Krähen? — Mußte nicht Augustus, den man wie einen Gott pries, mußte nicht der grausame Tiberius unverrichteter Dinge vor unseren Waffen sich zurückziehen, und Ihr wollt vor einem unverständigen Knaben, vor Germanikus, und vor einem meuterischen Heere zurückweichen?

Jngomar. Wir haben über die Römer noch keinen vollständigen Sieg errungen. Das Volk Germaniens kann allein sie besiegen.

Arminius (für sich). Das Volk Germaniens! (Zu Jngomar.) Alle Fürsten sollen Dir Heeresfolge leisten?

Jngomar. Tritt ein in unsern Bund.

Alle Fürsten. Sei unser Führer.

Arminius. Ich soll mich Eurem Willen unterwerfen, nur den Kampf beginnen, wenn Ihr ihn beschließt?

Jngomar. Es zieht doch jeder Fürst das Schwert für die Freiheit Germaniens.

Arminius. Wagt Ihr nicht eine kühne That, so werdet Ihr Euch niemals von dem Erbfeinde befreien. Folgt mir in den Kampf! (Ein Krieger tritt in Eile auf.)

Der Krieger. Brecht auf, Fürsten, bietet Eure Krieger auf, das römische Heer ist im Anzuge.

Der Fürst der Marsen. Du bringst eine falsche Nachricht. Der Cäsar führte seine Truppen, nachdem er Mattium den Flammen übergeben, an den Rhein zurück.

Der Krieger. Germanikus täuschte uns. Sein Marsch zum Rhein sollte den geplanten Angriff verhüllen. Auf seinen Befehl zieht jetzt Cäcina mit vierzig römischen Cohorten durch das Land der Bructerer an die Ems.

Der Fürst der Bructerer. O mein armes Volk!

Der Krieger. Germanikus selbst rückt mit vier Legionen in die Nähe des Teutoburger Waldgebirges.

Arminius. Wo Varus fiel?

Der Krieger. Der Cäsar will dort dem Varus und den gefallenen Kriegern eine Leichenfeier veranstalten.

Arminius. Er soll die gebleichten Gebeine der Erschlagenen bestatten. Die Adler aber, die er von der Todtenstätte verjagt, werden wiederkehren und in den Lüften kreisen, wenn ich dem stolzen Cäsar und seinem Heere meine Krieger mit dem Schlachtruf entgegenführe: „Siehe da Varus und seine Legionen!"

Der Fürst der Teueterer. Weh' uns! Germanikus wird alle Gaue zwischen Ems und Lippe verwüsten.

Alle Fürsten. Wer rettet uns?

Arminius. Wählt jetzt zwischen Freiheit oder Knechtschaft! Wählt das Loos des Verräthers Segestes! Bewundert den Faltenwurf an der Toga der römischen Präfecten, vollzieht ihre Befehle, beugt Euch demüthig vor ihrem Richterspruche. Schwört ab Euren Glauben, vertauscht Eure einfachen Sitten mit den Lastern Roms, zahlt Tribute Euren Unterdrückern. Seht zu, wie man Eure Krieger zwingt, die Steine zum Bau der Zwingburgen herbeizuschleppen; laßt sie die Ketten schmieden, mit denen man die freien Männer Germaniens fesseln wird. Seht zu, wie man ihren Rücken mit Ruthen geißelt, wie sie den Nacken vor den Beilen der Lictoren entblößen.

Liebt Ihr aber die Freiheit, Euer Weib, Eure Kinder, glaubt Ihr noch an die Götter Germaniens, so erhebt die Waffen, folgt mir in den Kampf!

Alle Fürsten (erheben die Waffen). Wir folgen Dir!

Arminius (zu Ingomar). Du allein schweigst und ziehst Dich zurück?

Ingomar. Marbod, der König der Martomannen, sandte noch keinen Boten.

Arminius. Du unterhandelst mit dem falschen Römling? Er kommt Dir nicht zu Hilfe.

Ingomar (mit sich kämpfend, dann entschlossen zu dem Krieger). Laſſ' das Horn ertönen, daß ſich meine Krieger ſammeln. (Der Krieger geht ab.)

Arminius (zu den Fürſten). Wo Varus fiel, da ſehen wir uns wieder.

Alle Fürſten. Im Teutoburgerwalde! (Sie gehen Alle ab.)

Ingomar. Verſöhnen wir uns. (Bertha tritt aus dem Gehöfte.)

Arminius (reicht ihm die Hand). Wir wollen Germanitus im Teutoburgerwalde in das Grab ſenken.

Bertha (für ſich). Arminius ſchließt mit ihm Frieden, die Fürſten haben ihn für ſich gewonnen. Er kämpft für Germanien! (Sie geht ab.)

Ingomar (im Abgehen für ſich). Ich will den Heißſporn überwachen, daß er den Fürſten nicht die Freiheit raubt. (Er geht ab.)

Arminius (allein.) Er reichte mir die Hand, doch ſein Groll wich nicht aus ſeinem Herzen. Seine Eiferſucht auf meine Waffenthaten wird ihn in Haß verwandeln. Die Herrſchſucht ließ das träge ſchleichende Blut in den Adern des Greiſes aufwallen, verrieth ſich in den Worten, die er erzürnt gegen mich ſchleuderte. Er will ſich zum Oberhaupt der Fürſten emporſchwingen, — er will in Germanien herrſchen. Er ſoll es nicht. (Er will gehen, als Bertha mit Eichenkränzen kommt.)

Arminius. Du kommſt mit Eichenkränzen?

Bertha. Laß' mich mit ihnen Deine Waffen schmücken.

Arminius. Du nahst mir immer theilnahmsvoll.

Bertha. Wie kann ich anders Dein Vertrauen erwiedern?

Arminius. Dein edler, kluger Sinn versöhnte mich mit manchem Ungemach. Du ahnst nicht, wie auch jetzt Deine Fürsorge den Schmerz lindert, der mich, seit Thusnelda mir entrissen ist, so unsäglich quält.

Bertha. Denk' jetzt nicht an sie.

Arminius. Ich soll die Heißgeliebte, — den schändlichen Verrath des Segestes vergessen? Du beklagst sie nicht?

Bertha. Ich betrauere wie Du die Freundin, von der ich getrennt bin; doch Du, der einzige Mann, der Germanien retten kann, mußt den Schmerz besiegen. Du darfst Dich nicht vom Rachegefühl beherrschen lassen, das Dir das Ziel Deiner Waffen entrückt.

Arminius. Ich liebe wie Du das Vaterland, — ich will wie Du ein einiges, mächtiges Germanien.

Bertha. So zerbrich das römische Schwert, das alle Völker unterjocht; gieb nicht blos Germanien, gieb allen Völkern die Freiheit wieder.

Arminius. Ich will es! (Es ertönt das Schlachthorn.) Das Schlachthorn ertönt, ruft zum Freiheitskampfe.

Bertha (schmückt sein Schild und sein Schwert mit Kränzen). Wodan verleihe Dir den Sieg! (Arminius eilt ab.)

Bertha (allein). O könnte ich mit ihm, — mit dem Heißgeliebten in die Schlacht ziehen! Ich darf es nicht; ich bin nicht sein Weib! — Ich werde ihn niemals an mein Herz drücken, doch bewahre ich ihm die Treue. (Sie geht ab.)

Verwandlung.

Der Dörenpaß im sippeschen Walde. Rechts ein halb verfallener Wall.

(Römische Krieger stürzen in größter Aufregung aus dem Waldesdickicht.)

Römische Krieger (die Waffen schwingend). Rache! Rache!

Andere römische Krieger (stürmen ihnen nach). Fort aus dieser Grabesschlucht! Fort!

Ein Centurio. Ihr flieht entsetzt vor dem Anblick der Köpfe, die man Euren tapferen Brüdern abschnitt und an die Bäume nagelte; Ihr eilt hinweg von den blutbespritzten Opfersteinen, wo man die gefangenen Tribunen und Centurionen wie Opferthiere schlachtete. Keine Thräne füllt Euer Auge, der Rachegedanke nur bewegt Euer Herz, drückt Euch die Waffen in die Hand. Wie erst, wenn Ihr den Verzweiflungsruf der Kämpfenden, das Jammergeschrei der Sterbenden, das Wuthgeheul des Feindes vernommen hättet!

Einige Krieger. Verflucht seien die Mörder!

Andere Krieger. Hinweg von dieser Todesstätte! (Sie wollen fort, der Centurio hält sie zurück.)

Der Centurio. Haltet an! Ihr steht auf dem Boden, wo Varus sich in das Schwert stürzte. Gedenkt des Helden, senkt Eure Waffen!

Alle Krieger (senken die Waffen, mit dumpfer Stimme rufend): Varus!

Der Centurio. Ich sah, wie um ihn, vor der Rettung verzweifelnd, die Krieger gleich ihm das Schwert sich in die Brust bohrten; ich hörte, wie Varus, zum Tode verwundet, den Adlerträgern noch zurief: Rettet die Adler der Legionen!

Ein Krieger. Die Legionsadler fielen in die Hände des Feindes?

Der Centurio. Nur Einer, der Adlerträger der 17. Legion, obgleich schon aus der Todeswunde blutend, riß von der Stange den Adler und versenkte sich mit ihm dort in den Sumpf.

Alle Krieger (senken die Waffen). Wir rächen den Tapfersten der Tapferen!

Ein Krieger. Die anderen Adler aber erbeutete der Feind?

Der Centurio. Es ward heiß um sie gekämpft, doch die Krieger, die sie vertheidigten, konnten sie nicht mehr retten; die Adler fielen auf der Flucht der Legionen in die Hände der Feinde.

Alle Krieger. Wir werden die Adler ihnen wieder entreißen!

Ein Krieger. Du flohst nicht vom Schlachtfelde, wie bliebst Du am Leben?

Der Centurio. Ich focht in den Reihen der Reiter gegen die wild anstürmenden Cherusker. Vergeblich war der Versuch des Unterfeldherrn Vala Numonius, den Varus zu befreien. Er machte einen kühnen Vorstoß, und es gelang ihm, die feindlichen Schaaren zu durchbrechen und den Rhein zu erreichen.

Ein Krieger (zeigt auf den Wall hin). Was glänzt dort im Sonnenlicht in der Vertiefung?

Der Centurio (hinweisend). Dort liegen die gebleichten Gebeine der Krieger, die mit Varus sich in dem halb aufgeworfenen Wall verschanzten, in dem niederen Graben zum letzten Kampfe sich stellten.

Alle Krieger (entsetzt). Die Barbaren begruben nicht die Todten?

Der Centurio. Sie verhöhnten, beraubten, verstümmelten sie.

Ein Krieger. Den Geiern und Raben gaben sie die Leichen unserer Brüder preis?

Einige Krieger. Auf! Zünden wir die Wälder und die Gehöfte an!

Andere Krieger. Unsere Rosse sollen alle Aecker zerstampfen!

Alle Krieger (die Waffen schwingend). Vernichten wir die Barbaren!

Der Centurio. Doch ehe Ihr zur Rache schreitet, bestattet früher die Gebeine Eurer Brüder.

Alle Krieger. Germanikus selbst soll das Grab der Gefallenen schmücken! (Sie folgen dem Centurio. Man hört Einige im Waldesdicht rufen: „Wehe! Wehe!" wieder Andere rufen: „Rache! Rache!")

(Marcella tritt mit einem Tribun auf.)

Der Tribun. Du betrittst die Wahlstatt, wo Varus fiel.

Marcella. Welche Wehmuth umfing mein Gemüth, als ich die gräßlichen Spuren der grausamen Opfer sah? Doch jetzt, da ich meinen Fuß auf den Boden setze, auf dem der Theuere, Einer der edelsten Römer, sein Leben aushauchte, erwacht in mir der Haß gegen Arminius. Varus! Kein Siegeskranz sollte Deine Stirne schmücken. Doch auch keine Verachtung soll Dein Andenken treffen. Weiht Tiberius Dir kein Opfer, so bringt es Dir Dein Weib.

Der Tribun. Germanikus kommt hierher, die Todtenfeier zu veranstalten.

Marcella. Nicht der Befehl des Imperators, die aufgeregte Stimmung des Heeres zwingt ihn dazu. Nun zeige mir den Ort, -- (sie stockt.)

Der Tribun (zeigt auf eine Stelle.) Hier empfing Varus die erste Wunde.

Marcella (wehmüthig). Hier!

Der Tribun (führt sie weiter.) Du zitterst?

Marcella. Führe mich nur. Ich bin gefaßt.

Der Tribun (zeigt auf eine Stelle im Walle). Hier stürzte sich der Feldherr in das Schwert.

Marcella (stürzt im höchsten Schmerz auf den Boden hin). O mein Varus! (Sie verhüllt sich das Haupt. Sie erhebt sich stolz nach einer Pause und enthüllt ihr Angesicht.) Varus! Hätte ich Dein Schwert, ich würde es Deinem Mörder in das Herz stoßen! — Man fand nicht das Schwert?

Der Tribun. Es fiel dem Arminius als Siegesbeute zu.

Marcella. Ihm! — Er soll es mir zurückgeben.

Der Tribun. Er wird es nicht. Er hat es schon früher dem Augustus verweigert.

Marcella (erregt). Ich will das Schwert besitzen. Arminius soll es selbst in meine Hand legen.

(Germanikus tritt mit seinem Gefolge auf. Marcella tritt mit dem Tribun zur Seite.)

Alle Krieger (umringen Germanikus, ihm zurufend): Räche die Todten! Räche die Todten!

Mehrere Krieger (bringen zerbrochene Waffen und zeigen auf sie.) Sieh'! Wie heldenmüthig sich unsere Krieger wehrten.

Alle Krieger. Räche sie! Räche sie!

Germanikus (zu Allen.) Ich bin wie Ihr erschüttert von der schrecklichen Niederlage der Tapferen; ich bin wie Ihr erfüllt mit Grauen über die Gräuel, die man an ihnen verübte. Die Todten sind Eurer Trauer würdig; daß sie der Tücke eines hinterlistigen Feindes zum Opfer fielen, schmälert nicht ihren Kriegsruhm. Ich will dort vom Hügel, von dem herab Arminius die Sterbenden verhöhnte und sich des Sieges über die unüberwindlichen Römer brüstete, ihre Tapferkeit, die größer als ihr Unglück war, preisen.

Alle Krieger (begeistert). Hoch Germanikus!

Germanikus (zu einem Centurio). Stelle die Krieger in Schlachtordnung auf. Ich komme bald zu dem Grabe. (Die Krieger gehen ab.)

Germanikus (wendet sich zur Marcella). Auch Du Marcella verließest Alijo, um dem unglücklichen Gatten ein Todtenopfer zu bringen?

Marcella. Du ehrst Varus und begreifst meinen Schmerz, der mich hierher trieb. Doch ich kam auch, um Dich zu bitten, mich in das Lager des Arminius geleiten zu lassen.

Germanikus. Zu Arminius?

Marcella. Ich will, da ich die Urne mit der Asche des Theuren nicht füllen kann, sein Schwert den Penaten meines Hauses weihen.

Germanikus. Arminius wird Dir das Schwert nicht übergeben.

Marcella. Nicht die stolze Römerin, die trauernde Witwe wird sein Herz zu rühren suchen.

Germanikus. Wenn Arminius Dich als seine Feindin betrachtet?

Marcella. Ich soll nicht so muthig wie Thusnelda sein?

Germanikus. Sie trat nur trotzig vor mich hin. Ich verzieh der Tiefgekränkten, doch wer schützt Dich vor dem Zorn des Arminius?

Marcella. Mein Dolch! Gewähre mir ein sicheres Geleite.

Germanikus. Meine Krieger sollen Dich in das Lager des Arminius führen. Die Götter mögen Dich beschützen. (Er will gehen, als Krieger mit dem aufgefundenen Adler der 19. Legion jubelnd heranstürmen.)

Alle Krieger. Uns winkt der Sieg!

Ein Krieger (schwingt den Legionsadler). Lass' uns den Adler der 19. Legion im Kampfe voraustragen.

Germanikus. Wo fandet Ihr den Adler?

Der Krieger. Er lag in der Nähe des Walles im hohen Gestrüppe; die Knochenhand des Adlerträgers, der dort hingesunken und verblutete, hielt den Schaft so fest, daß wir sie zerschlagen mußten.

Germanikus (nimmt den Legionsadler und senkt ihn). Dem Helden! — Der Adler soll den Grabeshügel schmücken, bis wir zum Kampfe aufbrechen. Folgt mir zur Leichenfeier. (Er geht mit Allen ab.)

Marcella (im Abgehen.) Der Cäsar erweist dem todten Feldherrn die letzte Ehre, — die Witwe aber rächt ihren Gatten!

Der Vorhang fällt.

Zweiter Aufzug.

Wildniß. Im Hintergrunde sieht man in den Baumgruppen einzelne Zelte. Rechts ist das Zelt des Arminius. Es ist später Abend.

(Arminius und Ingomar.)

Arminius. Germanitus hat mit seinem Heere wieder die Ems erreicht und schickt sich an, an den Rhein zu gehen.

Ingomar. Der letzte Angriff seiner Reiter, den wir so glücklich abschlugen, mag ihn bewogen haben, für einige Zeit den Vormarsch in unsere Gaue aufzugeben. Nur die Legionen des Cäcina stehen uns noch gegenüber.

Arminius. Ich habe Cäcina und seinem mit Gepäcke schwer beladenen Heere den Weg abgeschnitten. Der Platz, auf dem Cäcina Halt gemacht, ist ein schmaler Durchgang zwischen weitgedehnten Morästen, zäh von klumpigem Lehm und überall von allmälig aufsteigenden Wäldern umsäumt. Er befindet sich in einer sehr mißlichen Lage; er muß die alten eingefallenen Dämme wieder herstellen, bevor er an den Weitermarsch denken kann. Ich will ihn festhalten, ihm ein gleiches Schicksal wie Varus bereiten. Meine Krieger besetzten die Waldungen und belästigen seine Soldaten, die sich in dem grundlosen Morast zu verschanzen suchen. Sie können in ihren schweren Panzern kaum vorwärts schreiten und im Gewässer stehend mit den Wurfspießen nicht ausholen.

Ingomar. Unsere Cherusker sind ihnen überlegen, die hochgewachsenen Söhne des Waldes sind des Gefechtes auf sumpfigem Boden gewohnt und können mit ihren gewaltigen Spießen auch in großer Entfernung den Feind verwunden. Cäcina kennt die Gefahr, die ihm droht, und sucht unseren Ausbruch aus den Wäldern zu verhindern, bis die Verwundeten und der ganze schwere Zug einen Vorsprung gewonnen.

Arminius. Ich breche aus den Wäldern nicht hervor. Cäcina soll mit seinem Troß, mit seinen Legionen aus dem Engpaß herausziehen. Wenn er die Fläche, die zwischen den Bergen und Sümpfen sich dehnt, erreicht, dann will ich ihn während des Marsches auf dem sumpfigen, durchschnittenen Boden überfallen und vernichten.

Ingomar. Mir dünkt, es wäre besser, den Wall mit der Heeresmacht zu umgehen und das Lager zu erstürmen.

Arminius. Wohl mag uns durch die Eroberung des Lagers die ganze Beute in die Hände fallen, doch sie ist des vielen Blutes, das sie uns kostet, nicht werth.

Ingomar. Du willst Dich in der rauhen Jahreszeit in den Wäldern so lange verbergen, bis die Römer die Schanzen hoch aufgethürmt haben, daß sie uneinnehmbar sind?

Arminius. Ich beharre auf meinem Plan.

Ingomar. Ich werde meine Krieger schwer zurückhalten können.

Arminius. Sie wollen Dir nicht mehr gehorchen?

Ingomar. Sie lockt die Kriegsbeute.

Arminius. Die Du ihnen schon versprachst. Nun so stürme mit ihnen das Lager, ich aber opfere keinen Mann für den gewagten und blutigen Ansturm.

Ingomar. Du verlässest mich?

Arminius. Ich ziehe meine Krieger aus dieser Wildniß.

Ingomar. Dann wird Cäcina ungefährdet mit seinem Heere aus dem Engpaß entkommen.

Arminius. Und uns verspotten, daß wir ihn zu belästigen, aber nicht zu schlagen wußten.

Ingomar (stößt unwirsch den Speer in den Boden, für sich): Nur sein Wille ist maßgebend. (Zu ihm:) Vollführe Deinen Kriegsplan; Du trägst allein die Schuld, wenn er mißlingt. (Er geht ab.)

Arminius (allein). Er sucht stets meine Pläne zu vereiteln. Er will als Sieger vor die Fürsten treten. Nicht die Freiheit Germaniens, die Raublust drückt ihm die Waffe in die Hand. O wäre dieser unheilvolle Krieg zu Ende; er verwandelt unser Land in eine Wüste. Nur Cäcina's vollständige Niederlage bringt uns den lang ersehnten Frieden. Cäcina kann nicht länger in dieser Grabesschlucht verweilen, schon hat die Fieberluft viele von seinen Kriegern hinweggerafft, er muß den Vormarsch mit den Waffen erzwingen. (Er will abgehen, als Marcella mit zwei cheruskischen Kriegern auftritt.)

Einer der Cherusker (zu ihr.) Hier ist Arminius!

Arminius. Die Witwe des Varus flüchtet zu mir? (Er winkt den Kriegern; sie gehen ab.) Oder sendet Dich Cäcina als Vermittlerin des Friedens?

Marcella. Ich komme wohl aus dem Lager des Legaten, doch er denkt nicht daran, mit Dir zu unterhandeln.

Arminius. Er fühlt sich mir überlegen?

Marcella. Er wird, wie dem Römer ziemt, den Durchzug sich erkämpfen.

Arminius. Warum verließest Du Alijo?

Marcella. Dem Varus ein Todtenopfer zu bringen. Und ich habe es ihm geweiht.

Arminius. Jetzt kommst Du hierher in die Wildniß, mich als seinen Mörder anzuklagen?

Marcella. Wie könnte ich Dich, den Freund des Varus, der Dir sein volles Vertrauen schenkte, einer solchen That beschuldigen? Deine Heiterkeit, mit welcher Du in Alifo an unseren Gastmälern Theil nahmst, war keine Verstellung, Deinem Herzen war der Anschlag fremd, den die Fürsten ausgehegt; Du konntest der Gattin des Freundes, welcher Du immer herzlich begegnetest, einen so tiefen Schmerz nicht bereiten.

Arminius. Die feingebildete Römerin weiß ihre Absicht mit schönen Worten trefflich zu verhüllen, doch der Barbar fühlt den Stachel des Spottes, den sie verbergen. Ich plante den Krieg.

Marcella. Gegen Augustus!

Arminius. Ich lockte Varus in die Falle.

Marcella (stolz). Der römische Feldherr verstrickte sich selbst in das Todesnetz, das er dem Feinde stellte.

Arminius. Suche Deine Gedanken nicht zu verschweigen, Du täuschest mich nicht. Tritt mir offen, — als Feindin entgegen.

Marcella. Und wenn Dich Tiberius, Germanikus, wenn Dich alle als Verräther bezeichnen, ich spreche Dich frei von der hinterlistigen That.

Arminius (warm). Du fühltest Mitleiden mit den Unterdrückten, die man mit Ruthen und Beilen zum Gehorsam zwang? Du verjagtest einem freiheitliebenden Volke, das eher sterben als unterjocht sein wollte, nicht Deine Bewunderung? Du nanntest den Mann, der dieses Volk zur Erhebung begeisterte, nicht einen Verräther, Du sahst in ihm den Befreier seines Volkes?

Marcella. Wenn Du so von mir denkst, dann wirst Du auch den Worten der Freundin nicht mehr mißtrauen und ihr die Bitte nicht verweigern, um deren willen sie die beschwerliche Reise zu Dir antrat.

Arminius (warm). Welche Bitte könnte ich Dir erfüllen?

Marcella. Ich liebte Varus so innig, wie Du Thusnelda und Dein Kind liebst.

Arminius (überrascht). Mein Kind? — Du sahst mein Kind? Wann? Wo?

Marcella. Ich sah es in Ravenna. Thusnelda gebar es dort im Palaste des Cäsars.

Arminius (schmerzlich). Nicht in der Heimat! — Es ist ein Knabe?

Marcella. Er ist Dein Ebenbild.

Arminius (im höchsten Schmerze). Mein Kind in den Händen meines größten Feindes! — Der Vater darf sein Kind nicht an das Herz drücken! Darf nicht seine Thränen trocknen, sich nicht an seinem Lächeln erfreuen, ihm nicht in das unschuldsvolle Auge schauen, darf ihm nicht die Wange küssen, es nicht in Schlummer wiegen! O Tiberius! So grausam hast Du noch gegen keinen Feind gehandelt!

Marcella. Ermiß jetzt meinen Schmerz. Du trauerst um Dein geliebtes Weib, um Dein theures Kind, von denen Du nur getrennt bist, die Du wieder umarmen kannst. Ich aber beweine einen heißgeliebten Gatten, den mir der Tod für immer entrissen.

Arminius. Wären sie Beide todt, ich würde nicht mehr um sie klagen; doch der Gedanke, daß sie in der Gewalt des Tiberius sind, erfüllt mich mit Grauen, entflammt mich zur Rache.

Marcella (für sich). Er ist unversöhnlich. (Zu ihm.) Tiberius wird Dein Weib, Dein Kind nicht mißhandeln. Ich nehme sie in meinen Schutz.

Arminius (gerührt). Marcella! Das willst Du thun?

Marcella. Ist die Gefangene, die ein Held liebt, nicht meines Mitleids würdig?

Arminius. Wie kann ich Dir die warme Theilnahme vergelten?

Marcella. Gieb mir das Schwert des Varus zurück.

Arminius. Es ist meine größte Siegesbeute.

Marcella. Versag' es mir nicht. Gönne mir das Kleinod, das einzige, letzte Andenken an den theuren Gatten.

Arminius. Du weihst es Deinen Göttern?

Marcella. Das Schwert soll mein Schlafgemach schmücken, mich an die Stunde erinnern, in der Varus starb, und auch an Dich, Arminius, – an Deinen Edelmuth.

Arminius (tritt in das Zelt und holt das Schwert). Nimm es hin, schütze Thusnelda, schütze mein Kind. (Er giebt ihr das Schwert.)

Marcella (zieht das Schwert aus der Scheide, für sich entsetzt). Blut klebt daran! — Sein Blut! (Sie geht einige Schritte dem Arminius entgegen, für sich.) Der Verräther steht vor mir! (Sie richtet sich auf und erhebt das Schwert, läßt aber, als sie Arminius vor sich sieht, der sie ruhig betrachtet, das Schwert fallen und steht regungslos da, die Hände sinken lassend.) Ich kann ihn nicht tödten!

Arminius. Du zogst das Schwert, — gegen mich?

Marcella (zögernd). Ich wollte mir das Herz durchbohren.

Arminius. Dich sandte Cäcina, mich zu ermorden!

Marcella (tonlos). Ich suchte den Tod!

Arminius. Du willst es nicht gestehen, Du kamst, um den Tod des Varus zu rächen. (Für sich.) Ein schönes Weib. Es soll nicht sterben. (Zu ihr.) Du hast das Leben verwirkt, doch ich schenke es Dir ob der freudigen Nachricht, die Du mir brachtest. Du bleibst hier als Geißel, bis Thusnelda wiederkehrt. (Er winkt den Cheruskern.) Führt sie in mein Lager, bewacht sie.

Marcella (für sich). Sein seelenvoller, treuherziger Blick hat mich entwaffnet. Ich kann ihn nicht mehr hassen. (Sie geht ab.)

Arminius (allein. Er hebt das Schwert auf und betrachtet es.) Wie viel Menschenglück hast du zerstört? Wie vielen Völkern hast du die Freiheit geraubt? Doch an unseren Schilden wirst du zerbrechen. Auch jetzt solltest du ein Herz durchbohren, das für die Freiheit erglüht. Nein! Marcella schwang dich nicht, um den Befreier Germaniens zu tödten. Das schöne Weib, unbefleckt von den Lastern einer Julia, hing treu und liebend an dem Gatten. Der Schmerz um den Heißgeliebten verwirrte den Sinn der Vereinsamten. Ich kann Marcella die That verzeihen. Ich will sie nicht wie eine Gefangene behandeln, als Freundin, wie sie mir in Aliso entgegenkam. Die Gastfreundschaft soll die Wunde heilen, die ich ihr schlug. Versöhnt wird sie von mir scheiden, wenn ich Thusnelda, mein Kind an das Herz drücke. Mein Kind! Werde ich es jemals sehen? Wenn es in der Gefangenschaft stirbt? Wenn es Tiberius zurückhält? Zum Sklaven Roms erziehen läßt? Zum Besieger Germaniens? — Beim Wodan! Eher soll es durch die Hand des Vaters sterben, bevor es das Schwert des Cäsars zum Untergange unserer Freiheit schwingt.

Was für ein Tag wird auf diese Nacht folgen? Das fahle Licht des Mondes bescheint jetzt die Züge der Schlummernden; der Purpurglanz der aufgehenden Sonne wird das bleiche Antlitz der Todten röthen.

Ich will noch, ehe der Morgen graut, die Vorposten am Waldessaum begehen. (Er geht ab.)

Verwandlung.

Lagerplatz der Römer. Rechts das Zelt des Cäcina. Im Hintergrunde sieht man vom fahlen Mondlicht beleuchtete Waldabhänge.

(Man hört vom Walde her von Zeit zu Zeit den Schlachtgesang der germanischen Krieger, wie sie auf die Schilde schlagen. Die Lagerfeuer leuchten zuweilen im Gehölze auf.)

(Cäcina tritt mit den Centurionen der Legionen auf.)

Cäcina. (Bei seinem Auftritt hört man Gemurmel und Schwertgeklirr von der Tiefe des Lagers her.) Ihr saht, wie schwer es mir gelang, die Meuterer zu beruhigen. Ihr hörtet, wie sie riefen: Wir wollen länger nicht in dem Moraste liegen. Weder durch Befehle noch durch Bitten konnte ich die Flüchtenden zurückhalten. Erst als ich mich auf der Schwelle des Lagerthores niederwarf, sperrte das Mitleiden den verzagten Kriegern, da sie über ihren Legaten hätten wegschreiten müssen, den Weg zur Flucht. (Lautes Gemurmel ertönt.) Sie murren noch.

Ein Centurio. Die Aufwiegler sind in Haft. Den Ausreißern wehren meine Reiter den Wiedereintritt in das Lager.

Ein anderer Centurio. Es gährt in allen Legionen.

Cäcina (zu Allen). Was rathet Ihr?

Ein Centurio. Wir dürfen nicht zaudern, den grauenhaften Ort zu verlassen. Die Verpflegung der Krieger wird immer schwieriger, unsere Vorräthe gehen zu Ende. Wir haben keine Zelte für den gemeinen Mann, keinen Verband für die Verwundeten.

Ein anderer Centurio. Der römische Krieger ist tapfer im offenen Felde, stürmt kühn dem Feinde entgegen, doch hier in dieser todthauchenden Finsterniß, in diesem wilden Engpaß sinkt der Muth des Tapfersten, wenn er sieht, daß er den unsichtbaren Gegner nicht abwehren kann. Bald fliegt ein Pfeil aus dem Gebüsche, — bald fällt ein Wurfspieß in den Lagerraum, und keiner der Krieger vermag die Verwundeten an den heimtückischen Angreifern zu rächen. Wir müssen den Kampf beginnen.

Ein anderer Centurio. Groß werden unsere Verluste sein.

Ein Centurio. Doch wir entrinnen dem Untergange, den uns die Sumpfluft und die Hungersnoth bereiten.

Ein anderer Centurio. Auch die Schlachtgesänge des Feindes steigern den Unmuth unserer Krieger; sie fluchen den Bärenhäutern, die bei vollem Trinkhorn und reichlichem Schmause den Tag und die Nacht verschwelgen.

Cäcina. Ordnet denn die Cohorten. (zu einem Centurio.) Beim Anbruch des Morgens führst Du die

Reiter aus dem linken Thor des Lagers und hältst den Damm besetzt. (Zu einem anderen Centurio.) Du vertheidigst mit den Schleuderern den Wall, bis ich mit den Fußtruppen die lange Brücke erreicht. Ihr Anderen aber folgt mit dem Rest der schildbewehrten Mannschaft und mit dem Trosse mir nach, wenn meine Trompeter das Zeichen geben. (Alle Centurionen gehen ab.)

Cäcina (allein.) Schlimm ist der Geist in meinen Legionen. Nur ein Angriff, und ist er noch so gewagt, kann die Auflösung des Heeres verhindern. Werde ich diesem Grabe entrinnen? Arminius lauert mit seinen raubsüchtigen Schaaren im Waldesdickicht; er wird sich mit ihnen auf mich stürzen, wenn ich den Damm überschritten. Varus! So lockten sie Dich in die Falle. — Wie naßkalt streicht der Nachtwind über die Moräste hin! — Schaurig ist diese wüste Gegend, in der nur der Rabe krächzt, die Nebel aus den Sümpfen wie Schlangen kriechen und mit ihrem Gifthauch die auf der Erde schlummernden Krieger tödten. (Er geht zum Zelt.) Noch eine kurze Rast, dann gilt's den Kampf. (Er horcht.) Sie singen, zechen dort in den Wäldern. Jubelt nur, schlagt mit euren Waffen auf die Schilde, wer weiß, ob ihr euch oder uns das Grablied singet. (Er geht in das Zelt und schlummert ein.)

(Zwei Centurionen treten auf.)

Erster Centurio. Du kommst nochmals zu Cäcina?

Zweiter Centurio. Ein feindlicher Krieger schlich sich zum Wall heran, versuchte die Wache zum Treubruch zu verleiten.

Erster Centurio. Es war ein Späher.

Zweiter Centurio. Arminius beabsichtigt einen Ueberfall. Ich will Cäcina davon verständigen.

Erster Centurio. Der Legat ging in sein Zelt. Er schlummert. Gönne ihm die Ruhe.

Zweiter Centurio. Die drohende Gefahr zwingt mich, ihn zu wecken.

Erster Centurio. Ich habe alle Vorbereitungen getroffen. Der Feind wird uns nicht überrumpeln. Störe nicht den Schlaf des Feldherrn. Komm mit mir, wir wollen noch einige Wachposten verstärken. (Sie gehen ab.)

Cäcina (im Traume). Krieger vor! — Fasset Muth! — Wir haben in Asien, — in Afrika gesiegt! — (Nach einer Pause.) Haltet an! Folgt nicht den Cheruskern in den Wald. Wer ruft euch dahin? (Der Geist des Varus steigt aus einer Nebelschichte empor.) Wer bist Du? Zeig' nicht auf den Wald hin. Nicht dorthin! Winke ihnen nicht. Ich bin der Feldherr! (Varus streckt ihm die Hand entgegen.) Hinweg die blutige Hand! (Er macht eine Bewegung, als wenn er die Hand zurückstoßen würde.) Hinweg! — (Er richtet sich auf und ruft entsetzt.) Varus! (Der Geist des Varus verschwindet. Cäcina erwacht und springt von dem Lager auf. Er spricht noch dumpf vor sich hin.) Varus und seine Legionen! — Entsetzlicher Traum! — Brich an, du holde Morgenröthe, verscheuche das Traumbild, wecke den Muth in meiner Brust. (Er sieht zu den Waldeshöhen hinauf.) Verstummt ist der Gesang; erloschen sind die Lagerfeuer. Sie sanken in Schlaf. (Plötzlich ertönt die Tuba im römischen Lager.) Die Tuba erschallt! (Er will fort.)

(Ein Centurio stürzt herbei.)

Der Centurio. Zieh' Dein Schwert, die Cherusker stürmen den Wall. (Der Kriegslärm wird immer stärker; Krieger ziehen mit einer rothen Fahne zum Wall.)

Cäcina (zieht das Schwert). Wir sind gerettet! Der Feind stürzt sich in unser Schwert! (Er eilt mit dem Centurio ab.)

Verwandlung.

Im fernen Hintergrunde sieht man den Wall des römischen Lagers. Rechts sind Waldabhänge. Den Mittelgrund füllt eine sumpfige Fläche aus.

(Die Vorposten des Arminius stehen am Waldabhang.)
(Man hört in der Ferne Trompetensignale der Römer und die Schlachthörner der Cherusker.)

Erster Krieger des Arminius. Horch! Man bläst die Tuba im römischen Lager.

Zweiter Krieger des Arminius. Die Meuterer haben sich wieder erhoben.

Erster Krieger des Arminius. Ich wollte, daß jetzt Arminius die Römer angriffe, in der Verwirrung, die in ihren Reihen herrscht, wäre der Sieg leicht zu erringen.

Zweiter Krieger des Arminius. Unsere Schlachthörner ertönen!

Erster Krieger des Arminius. Glück zu! Arminius!

(Krieger Ingomar's eilen herbei.)

Ein Krieger Ingomar's. Rufet die Stammesbrüder auf, daß sie Ingomar zu Hilfe kommen.

Ein Krieger des Arminius. Der Feind wagte einen Ausfall?

Ein Krieger Ingomar's. Ingomar stürmt den Wall, doch die Römer leisten kräftigen Widerstand. Ruft Arminius herbei.

Ein Krieger des Arminius. Wir dürfen unseren Posten nicht verlassen.

Ein Krieger Ingomar's. So wollen wir zu Arminius eilen.

Ein Krieger des Arminius. Tretet zurück.

Ein Krieger Ingomar's. Ihr weist uns fort? Sind wir Feinde?

Die Krieger des Arminius (halten ihnen die Spieße entgegen.) Weichet vom Walde zurück.

Ein Krieger Ingomar's. Wenn Ihr uns den Durchzug verwehrt, so werden wir ihn mit unseren Waffen erzwingen.

Ein Krieger des Arminius. Kommt an! Versucht es!

(Die Krieger Ingomar's dringen auf die Vorposten ein. Gefecht.)

Arminius (tritt aus dem Walde). So haltet Ihr Wache, entzweiet Euch und fällt Euch mit den Waffen an? (Die Fechtenden halten ein.)

Ein Krieger des Arminius. Man hat uns herausgefordert. Hier sind die Angreifer.

Arminius. Krieger Ingomar's! Ihr brecht den Frieden.

Ein Krieger Ingomar's. Ingomar sandte uns, um Dich zu Hilfe zu rufen, sie aber streckten uns die Waffen entgegen.

Arminius (sieht auf den Wall, für sich). Ingomar wagte den Angriff. Mein Plan ist vereitelt.

Ein Krieger Ingomar's (flüchtet heran). Nehmt mich Flüchtigen auf.

Arminius (zu ihm). Du kommst aus dem Kampfe? Ohne Schild? Feigherziger! Du gabst Dir nicht selbst den Tod? — Fort! Ich gewähre keinem Feigling einen Schutz.

(Mehrere Krieger Ingomar's fliehen herbei.)

Einige Krieger. Wir sind zurückgeschlagen.

Andere Krieger. Die Römer verfolgen uns.

Arminius. Stehet! Der Feind steigt in diese sumpfige Ebene nicht herab.

(Ingomar kommt mit seinen Kriegern.)

Arminius (mit Hohn). Du bringst die Beute?

Ingomar. Mit Hohn empfängst Du mich? Trägst Du nicht die Schuld an meiner Niederlage? Versagtest Du mir nicht Deine Hilfe?

Arminius. Du hast gegen unsere Verabredung gehandelt.

Ingomar. Der mißlungene Angriff entschuldigt nicht Deine Absicht, den Verwandten, den Stammesfürsten dem Verderben preiszugeben.

Arminius. Ich deckte Dir den Rückzug.

Ingomar. Du lagst im Hinterhalt. Treulos ist Dein Handeln, falsch Dein Eid, den Du uns Fürsten schwurst.

Arminius. Du klagst mich des Verrathes an?

Ingomar. Du ließest die Waffen ruhen, um dem Feinde Zeit zu gönnen, uns zu entschlüpfen.

Arminius (erzürnt). Schamlose Verdächtigung, die Deinem Haß entspringt. Verdankt Cäcina nicht Deinem unglücklichen Angriff seine Rettung?

Ingomar. Du wolltest den Abzug Cäcina's hindern? Weilt nicht seine Unterhändlerin in Deinem Zelte?

Arminius. Ich soll einem wehrlosen, flüchtigen Weibe, auch wenn es eine Römerin ist, nicht Zuflucht gewähren?

Ingomar. Das schöne Weib umstrickte Dich, gewann Dich für den Cäsar.

Arminius. Verläumder! (Er zieht das Schwert.)

Ingomar. Dich gelüstet nach dem Blute des greisen Oheims? Vergieße es! (Er zieht das Schwert.)

Ein Krieger Ingomar's (tritt hinzu). Ingomar ist unser Fürst. Wir vertheidigen ihn.

Alle Krieger Ingomar's. Wir schützen ihn.

Arminius. Ihr kehrt die Waffen gegen Euren Führer!

Ingomar. Der Kampf ist zu Ende. Du bist nicht mehr unser Führer. (Zu den Kriegern.) Wir ziehen heim.

Arminius (zu den Kriegern Ingomar's). Kehrt zurück in Eure Gaue; (zu Ingomar) Du aber stehst daheim mir Rede für den Schimpf.

Ingomar. Ich lade Dich vor das Gericht der Fürsten.

Arminius. Das Volk Germaniens richte Dich!

(Sie gehen Beide erregt ab.)

Der Vorhang fällt.

Dritter Aufzug.

Die Ufer der Weser. Man sieht die beiden erhöhten Ufer, inmitten den Strom. An beiden Seiten sind Waldgebirge.

(Arminius tritt ohne Waffen mit einem Häuptling auf.)

Arminius. Schlug Ingomar im Herkuleswalde sein Lager auf?

Der Häuptling. Er war schwer zu bewegen, Deinem Kampfrufe zu folgen und hierher zu ziehen. Er ist voll Unmuth und fürchtet den neuen, unheilvollen Krieg.

Arminius. Der Schiedsspruch der Fürsten, der zu meinen Gunsten ausfiel, hat seinen Groll gegen mich verstärkt. Ich sollte ihm zürnen, denn seine Niederlage im Dörenpaß hat Germanikus ermuthigt, wieder in unsere Lande einzubrechen.

Der Häuptling. Es stehen uns schwere Kämpfe bevor. Die Chatten und Angrivarier unterlagen schon trotz ihrer Tapferkeit den römischen Waffen.

Arminius. Der Weserstrom gebietet hier dem muthig vordringenden Cäsar Halt.

Der Häuptling. Doch schickt sich Germanikus an, uns anzugreifen. Schon führt Stertinius einen Theil des Heeres über die Weser.

Arminius. Es ist nur eine Scheinbewegung. Man will uns aus der gedeckten Stellung herauslocken. Ich verlasse nicht das Waldgebirge. Sieh', ob mein Bruder Flavus kommt. Er steht im römischen Heere. Germanikus gewährte mir mit ihm eine Unterredung.

Der Häuptling (sieht durch den Wald hinüber). Flavus naht mit seinen Begleitern.

Arminius. Zieh' Dich in das Waldesdickicht zurück.

(Flavus tritt ohne Waffen mit seinen Begleitern auf. Als er Arminius erblickt, winkt er seinen Begleitern, sich zurückzuziehen.)

Arminius. Flavus! Du bleibst noch immer fern von der Heimat? Du dienst noch in dem Heere des Imperators? Doch nur um des Soldes willen?

Flavus. Man belohnt meine Verdienste nicht mit Gold. Tiberius erhob mich zum römischen Ritter, Germanikus zum Anführer seiner Leibwache.

Arminius. Ein römischer Ritter! Fürwahr ein stolzer Titel, um welchen Dich kein freier Germane beneidet.

Flavus (stolz). Es ist eine Würde, die Legaten, die Senatoren schmückt.

Arminius. Auch der knechtisch gesinnte Segestes trägt diesen Titel! — Du willst Dich auch zum willfährigen Werkzeug des mißtrauischen, hartherzigen Tiberius erniedrigen?

Flavus. Tiberius ist nur strenge gegen seine Feinde, doch milde gegen Alle, die ihm treu und ergeben sind. Wie huldvoll behandelt er Thusnelda!

Arminius. Er ließ sie wohl nicht in Ketten legen, weidet sich aber an den Thränen, die sie um mich vergießt.

Flavus. Tiberius achtet ihren Schmerz, er läßt sie für den Trotz nicht büßen, in dem sie verharrt; er entzieht ihr nicht seine Gnade, die sie mißachtet.

Arminius. Auch die Gefangene soll seinen Launen schmeicheln? — Tiberius ist ein Tyrann! Das düstere Wesen des argwöhnisch beobachtenden und Alles belauernden Imperators erfüllt Jedermann mit Angst und banger Furcht. Nur Dir graut nicht vor ihm! — Buhle nur um ein gnädiges Lächeln des Tiberius, während seine Legionen Dein Vaterland mit Feuer und Schwert verwüsten. Doch täusche Dich nicht: Du bist ein Fremdling in Rom und wirst es bleiben. Der Haß, mit dem Tiberius Deine Stammesbrüder verfolgt, wird auch Dich verdächtigen und verderben. Ermanne Dich, kehr' nicht mehr nach Rom zurück.

Flavus. Du hassest jetzt Rom, weil Tiberius dort herrscht, der Dein Weib gefangen hält. Doch einst, als Du unter Augustus in Rom weiltest, sprachst Du begeistert von seinen Prachtbauten, von den herrlichen Tempeln, entzückte Dich der Glanz der Feste und priesest Du die Myrthenlauben, die im Mondlicht schimmernden Olivenhaine. Deine Locken schmückte der Epheukranz, glänzten und dufteten von syrischen Salben, wenn Du aus dem Steinkrug den perlenden Falerner trankst, in der Prachtgaleere, umringt von schönen Frauen, auf der gelblichen Fluth des Tibris dahinfuhrst.

Arminius. Die Pracht und Herrlichkeit Roms aber verdrängten nicht aus dem Herzen des Jünglings die Sehnsucht nach seinem Vaterlande. Sein Traum war bald zu Ende, als er sah, wie der einfache Sinn der Bürger durch die Reichthümer und Schätze der eroberten Länder untergraben wurde; als er hörte, wie die unterjochten und mißhandelten Völker wehklagten, nach Rache riefen. Er flüchtete aus Rom, zog das Schwert und vernichtete die Legionen des Varus!

Flavus! rührt Dich auch nicht das traurige Schicksal Deiner Heimat, so kehr' doch heim nach Germanien und lerne es wieder lieben.

Flavus. Ich soll Rom verlassen, die Gunst des Tiberius mit Undank vergelten?

Arminius. Der Verräther des Vaterlandes prahlt mit seiner Treue für den Tyrannen? Du bist krank an Herz und Seele. Die faule, heiße Tiberluft erschlaffte Deine Nerven; das üppige Leben, die Flammenblicke der Römerinnen, die Schmeicheleien der römischen Edlen raubten Dir die Willenskraft, — den Mannesmuth. Verlasse Rom; athme wieder frische Waldesluft, trink' aus dem Bergquell und Du wirst gesunden. Wie ist Dein Antlitz entstellt! Du hast nur ein Auge! Wie verlorst Du es?

Flavus. Ich büßte es in einem Gefechte an der Elbe ein.

Arminius. O Schmach! In einem Kampfe gegen Deine Stammesgenossen! Und dafür erhieltst Du ein Halsband, einen Kranz als Ehrengeschenk? Fürwahr, sie sind ein würdiger Lohn für Deinen Sklavendienst.

Flavus. Schmähe nicht die Ehrenzeichen meiner Tapferkeit.

Arminius. Ihr Anblick erregt Dir nicht Scham und Reue? Wirf sie hinab in den Strom. Kehr' heim, küsse reuig den Boden, welcher die Asche Deines Vaters, — Deiner Mutter birgt. Knie hin vor den Altar der Götter, flehe zu ihnen, daß sie Dir verzeihen; bitte die Blutsfreunde und Verwandten, daß sie Dich wieder aufnehmen.

Flavus. Ich kam nicht, mich vor Dir zu demüthigen. Ich gehe; doch höre meinen Rath: Nimm den Frieden an, den Dir Germanikus anbieten wird.

Arminius. Mit diesem Antrag scheidest Du?

Flavus. Du kannst Germanien nur durch einen Freundschaftsvertrag vor dem Untergange retten.

Arminius. Fühlt sich Rom zu schwach, um uns zu besiegen? Der Kraft zum Ringen in sich spürt, ergiebt sich nicht. Ich soll die Hand zum Frieden reichen, ehe die Waffen entschieden? Nimmermehr!

Flavus. Wage nicht den Kampf.

Arminius. So rathet der Feigling. Geh', Elender! Entarteter! Du verleitest mich nicht zum Treubruch am Vaterlande. Diene dem Tiberius, sein Undank wird auch Dich ereilen, und Dein einziges Auge, das sich jetzt haßerfüllt auf Deinen Bruder richtet, wird von Reuethränen erfüllt wieder den Weg zur Heimat aufsuchen. Geh', Sklave, wieder nach Rom!

Flavus. Zu viel des Schimpfes! Gebt mir die Waffen!

Arminius. Reicht mir das Schwert!

(Die Anhänger des Flavus und Arminius stürzen mit den Waffen herbei.)

Arminius (schwingt das Schwert). Spring' in den Strom! Kämpfe mit mir!

Ein Häuptling (zu Arminius.) Beherrsche Dich.

Flavus (sein Schwert erhebend). Komm' nur herab. Dein Blut soll die Wellen röthen.

Ein Anhänger des Flavus. Halte Frieden.

Flavus (zu Arminius). Im Schlachtgewühl wollen wir uns messen. (Er geht erregt mit den Seinigen ab.)

Arminius (ihm nachrufend.) Du sollst sterben! (Er will gehen, als Germanikus rasch hervortritt.)

Germanikus. Du bist Arminius?

Arminius. Ich bin der Bruder des Vaterlandsverräthers Flavus.

Germanikus. Du bist unversöhnlich, opferst Deine Krieger Deinem Hochmuth, Deiner Kampfwuth.

Arminius. Ich vertheidige meine Heimat. Brichst Du nicht mehr in unsere Gaue ein, so wird auch kein Blut mehr fließen.

Germanikus. Der Imperator bietet Dir den Frieden an. Schließest Du ihn mit ihm ab, so kehrt Thusnelda zu Dir zurück.

Arminius. Mein Kind nicht?

Germanikus. Es bleibt in Rom.

Arminius. Ich soll mein Kind der Laune des Imperators opfern? Niemals!

Germanikus. Tiberius soll großmüthig den Feind behandeln, der ihm so trotzig begegnet?

Arminius. Der friedliche Vergleich ist nur der Deckmantel für seine hinterlistigen Pläne.

Germanikus. Du hast nicht Friedensliebe geheuchelt? Du sannst nicht auf Verrath? Du hast nicht Varus getäuscht, ihn Deinem Römerhasse geopfert?

Arminius. Wie milde gesinnt ist Tiberius? Er will das Kind dem Vater nicht ausliefern. Wie grausam hast Du uns bisher behandelt? Mordetest Du nicht überall die Wehrlosen, die Greise, die Weiber, die Kinder? Stecktest Du nicht unsere Gehöfte in Brand, verheertest Du nicht unsere Fluren?

Germanikus. Du wichst dem offenen Kampfe aus, flohst immer in Deine Wälder, versandtest die Pfeile aus dem Hinterhalt. Führ' Deine Krieger mir entgegen; Brust an Brust, unverwandten Blickes wollen wir um den Sieg ringen.

Arminius. Ich will die Tapferkeit Deines Heeres erproben. Auf der Elfenwiese stehen meine Krieger.

Germanikus. Du willst keinen Frieden schließen?

Arminius. Rück' vor mit Deinen Legionen.

Germanikus. So zieh' das Schwert! (Zu den Seinigen.) Zur Schlacht! (Er geht ab.)

Arminius (Zu den Seinigen.) Auf zum Kampf! (Er geht ab.)

Verwandlung.

Idisiavifo. Im Hintergrund die Wagenburg der cheruskischen Weiber.

(Bertha kommt mit einer Cheruskerin.)

Bertha (mit einem Speer bewaffnet). Alles ist zur Pflege der Verwundeten in unserer Wagenburg vorbereitet.

Die Cheruskerin. Wie viele Cherusker sanken schon in's Grab und noch immer wurde kein entscheidender Sieg erfochten!

Bertha. Du bist verzagt, wenn Arminius zum Schwerte greift?

Die Cheruskerin. Fiel nicht mein Mann im Teutoburgerwalde? Und jetzt zieht mein einziger Sohn in die Schlacht.

Bertha (erregt). Er soll nicht für unsere Freiheit kämpfen? (Man hört das Schlachthorn.) Der Kampf beginnt. Geh', verstärke unsere Wachen.

Die Cheruskerin. Bertha! Zürne nicht, daß aus dem Auge der Mutter eine Thräne floß.

Bertha. Ich grolle der Mutter nicht. Preise Wodan, wenn Dein Sohn für die Befreiung seines Vaterlandes stirbt. Denn schlimmer wäre es, wenn er als Gefangener in den Armen einer Römerin Dich und Germanien vergäße.

Die Cheruskerin. Wie Flavus! — Nein! Eher soll er auf dem Schlachtfelde sterben. (Sie geht ab.)

Bertha (allein). Der Kampf ist entbrannt. Ich fürchte nicht, daß die römischen Speere die Brust des Arminius durchbohren, ich fürchte nur, daß die Liebeswaffen der schlauen Römerin sein Herz verwunden. Wie? Trägt Arminius schon die Rosenfesseln des falschen Weibes? Er hat schon seinem Weibe, Thusnelda, die Treue gebrochen? Nein! Er traut nicht den süßen Worten der Schmeichlerin! Er sah in Rom, wie man Liebesschwüre leistet, wie leicht man sie bricht. — Doch Marcella weilt noch in seinem Lager. Ist sie seine Gefangene? Er behandelt sie wie eine Freundin. Bezaubert ihn ihre Schönheit? Die Reize der Witwe des Varus verdunkeln nicht die Anmuth der keuschen Germanin! — Arminius betrat so oft in Alijo den Palast des Varus! — Marcella kam aus dem Lager des Germanikus! — (Plötzlich aufschreiend.) Wenn Arminius? — Bei den Nornen! Wenn er? — Nein! Er haßt Tiberius, liebt so heiß sein Vaterland! — Wenn ihn Marcella liebt? Sie? — Ich muß, — ich will den Schleier des Geheimnisses lüften. (Man hört Kriegsgetöse.) Die Schlacht zieht näher heran. Die Unsrigen werden zurückgedrängt. Ich kann von der Anhöhe dort den Kampfplatz überschauen. (Sie will gehen, bleibt aber stehen, als sie Marcella bemerkt, die aus dem Walde tritt.) Marcella kommt! Ihre Wange ist tief geröthet; sie schreitet erschöpft aus dem Walde.

(Marcella tritt auf.)

Bertha (tritt zu ihr). Du willst entfliehen?

Marcella. Ich breche nicht das Wort, das ich Arminius gab. Der Kampf, der in den Waldesschluchten tost, verscheuchte mich aus dem Zelte.

Bertha. Die stolze Marcella sucht jetzt bei mir Zuflucht?

Marcella. Du bist verletzt, weil ich vor dem Ausbruch des Kampfes Deine Einladung in die Wagenburg nicht annahm?

Bertha. Die Freundin des Arminius ist auch die Gegnerin des Ingomar.

Marcella. Du nennst mich die Freundin des Arminius? Ich bin es nicht.

Bertha. Du bist seine Feindin? — Du bist seine Gefangene?

Marcella. Ich weile als Geißel in dem Lager des Arminius, bis Thusnelda wiederkehrt.

Bertha. Bis Germanikus mit Arminius den Frieden schloß.

Marcella. Ich kenne nicht die Pläne des Cäsars.

Bertha. Er sandte Dich nicht? Warum kamst Du in das Lager des Arminius?

Marcella. Ich brachte auf der Wahlstatt den Manen des Varus ein Todtenopfer.

Bertha. Die Sitte schwand längst in Rom.

Marcella. Verläumde nicht die Frauen Roms, die Du nicht kennst.

Bertha. Sie sind wohl ihren Männern treu? Greifen nicht zum Gift, zum Dolch, um sich von den lästigen Spähern, von ihren Nebenbuhlerinnen zu befreien?

Marcella (will gehen). Es wäre Schmach, Dich noch länger zu hören.

Bertha. Du kannst sie nicht vertheidigen.

Marcella (erzürnt). Ich will es nicht.

Bertha (erregt). Du belächelst die Einfalt des germanischen Weibes. Die Barbarin ist Dir nicht ebenbürtig.

Marcella. Du bist zu erregt. Ich kann nur schweigen.

Bertha. Hochmüthige! Du willst uns Alle hintergehen.

Marcella (sich aufrichtend). Die Römerin geht ihrem Feinde offen entgegen. (Sie wendet sich zum Gehen, als ein Krieger herantritt.)

Der Krieger. Fliehet! Fliehet! Die Schlacht ist verloren!

Bertha. Lebt Ingomar?

Der Krieger. Er wurde nicht verwundet.

Bertha. Er gerieth in Gefangenschaft?

Der Krieger. Der Feind schleppte keine Gefangenen mit sich fort, — nur Leichen bedecken die blutige Wahlstatt. Es war kein Kämpfen, es war ein Morden. Ingomar selbst floh entsetzt vor dem grauenvollen Anblick.

Bertha. Fluch den Römern! — Wohin flüchtete Arminius?

Der Krieger. Er liegt verwundet in der Waldesschlucht.

Marcella (bewegt). Tödtlich getroffen? — Führ' mich zu ihm hinab.

Bertha (zum Krieger). Bleibe, bis ich die Bahre herbeigeschafft.

Marcella (unruhig zu dem Krieger). Folge mir!

Bertha (zu Marcella herantretend). Was willst Du bei ihm?

Marcella (wieder ruhig). Ich will Arminius pflegen.

Bertha (überrascht). Du?

Marcella. Willst Du mich daran hindern?

Bertha (zu dem Krieger). Laß' sie nicht von hier. Bewache sie.

Marcella (zu dem Krieger). Tritt hinweg von mir. Ich gehe allein zu Arminius!

Bertha (mit dem Speer drohend). Wag' nicht einen Schritt!

(Arminius kommt, den Arm in einer Binde tragend.)

Arminius (tritt rasch zwischen Beide, zu Bertha). Du drohst mit dem Speer? Was willst Du thun?

Bertha (auf Marcella weisend). Ich wollte die Feindin tödten.

Arminius. Marcella? (Zu Marcella.) Du schweigst?

Marcella (für sich). Sei ruhig, Herz. (Zu Arminius.) Du wardst verwundet. Ich wollte zu Dir eilen, den Schmerz Deiner Wunde lindern, doch sie hielt mich mit Gewalt zurück.

Bertha. Sie lügt. Sie wollte Dich dem Feinde ausliefern.

Marcella. Dein Römerhaß macht Dich ungerecht.

Bertha. Du heuchelst nur Mitleid. Du kamst hierher, um Arminius zu verderben.

Arminius (zu Bertha). Noch blutet die Wunde, die mir Flavus im Gefechte schlug, noch erfüllt mich die verlorene Schlacht mit Trauer, und Du, die Blutsverwandte, gönnst mir nicht den Frieden, dessen ich jetzt bedarf?

Bertha (erregt.) Sie ist die Friedensstörerin! Sie entfremdet unsere Herzen. Meidest Du mich nicht, seit sie in Deinem Lager weilt? Hörst Du noch auf mein Wort, das so oft den Unmuth aus Deiner Seele bannte, Dein Gemüth besänftigte? Auch jetzt soll ich vor ihr zurückweichen, - schweigen, Dich nicht vor ihren Ränken warnen?

Hat Dich die Schlaue schon mit ihren Schmeichelworten bewogen, die heimatlichen Wälder zu verlassen, ihr in den Palast zu folgen? Hat ihr Lächeln, ihr feuriger Blick Deine Zaghaftigkeit schon besiegt, an den Stufen des Capitols aus den Händen des Tiberius das römische Schwert zu empfangen, das blutbefleckte Schwert, das so vielen tapferen Germanen, Deinen Stammesbrüdern, den Tod gegeben? Bist Du schon der Bundesgenosse des mächtigen Imperators?

Arminius. So hat Ingomar sie bei Dir verdächtigt?

Bertha. Sie hat Dich gegen mich, gegen Ingomar aufgestachelt. Du hältst nur zu ihr, vertrauest nur ihr, hörest nicht mehr auf uns.

Arminius. Ich handle, — gebiete nach meinem Willen.

Bertha. Sag' Dich los von ihr, laß' sie nach Rom zurückgeleiten. Sie will Dich, uns Alle dem Verderben preisgeben.

Marcella (für sich). Sie liebt ihn.

Arminius (entschlossen). Sie bleibt.

Bertha. Du hältst sie noch zurück? Bist ihr Beschützer?

Arminius. Sie hat das Recht der Gastfreundschaft nicht verwirkt.

Bertha. Stoße mich zurück, schütze sie, — die Freundin! (Für sich). Ich aber will das Netz zerreißen, in das sie ihn lockte. (Sie geht erregt in die Wagenburg.)

Arminius (zu Marcella). Sei auf Deiner Huth. Du hast einen Brand angefacht, der Dich bedroht.

Marcella (forschend). In Bertha's Herzen?

(Ein Anführer kommt mit Kriegern.)

Der Anführer (zu Arminius). Germanicus führt seine Legionen über die Weser zurück. Räche die Gefangenen, die er niedermetzeln ließ. Gieb Befehl, die Würger zu überfallen. Sie sollen in den Fluthen der Weser ihr Grab finden.

Marcella (zu Arminius). Verübe keine Rachethat. Schließe Frieden mit dem Cäsar.

Arminius (betroffen). Das räthst Du mir?

Marcella. Reiche den Römern die Hand zur Versöhnung.

Arminius. Dem Tiberius?

Marcella. Nicht als Fürst der Cherusker, — als König der Germanen.

Arminius (für sich überrascht). Als König von Germanien! (Zu dem Anführer.) Wir können keinen Angriff wagen, zu groß sind die Opfer, die der Kampf gefordert. Ordne Deine Schaaren, wir kehren in die Heimat zurück.

(Der Anführer geht mit den Kriegern ab.)

Marcella. Verläugne Deinen Stolz, opfere der Freiheit Germaniens Deinen Römerhaß.

Arminius. Dein Herz schlägt für unsere Freiheit?

Marcella (bedeutungsvoll). Nicht für sie allein.

Arminius (für sich). Nur für Rom! (Zu ihr.) Folge mir!

Marcella (für sich). Der Sieg ist mein. (Erschreckt zu Arminius). Du erbleichst, — Du wankst?

Arminius. Der Kampf, — der Blutverlust haben mich erschöpft.

Marcella. Komm' dorthin zur Quelle, labe Dich mit einem Trunk. (Innig.) Stütze Dich auf mich.

(Er stützt sich auf sie und geht langsam ab. In demselben Augenblick kommen Bertha und Ingomar aus der Wagenburg heran.)

Bertha. Wodan sei gepriesen! Du kehrst unversehrt aus der Schlacht zurück.

Ingomar. Doch Arminius wurde verwundet. Wo ist er?

Bertha (erblickt Arminius und Marcella). Ha!

Ingomar. Was ficht Dich an?

Bertha (auf Beide hinweisend). Da sieh' hin!

Ingomar. Arminius am Arme Marcella's!

Bertha. Wie innig er sich an sie schmiegt.

Ingomar. Der feindliche Pfeil traf ihn schwer?

Bertha. Sitzt in seinem Herzen. Marcella hat ihn besiegt.

Ingomar. Er liebt Marcella?

Bertha. Räche Thusnelda!

Ingomar (zieht das Schwert). Die Römerin soll vor seinen Augen sterben.

Bertha (hält ihn zurück). Nicht jetzt. Tödte sie, wenn sie des geheimen Einverständnisses mit Germanikus überwiesen ist.

Ingomar. Du glaubst, daß Germanikus sie als Unterhändlerin gesandt?

Bertha. Marcella sucht Arminius für Rom zu gewinnen.

Ingomar. Germanikus zog sich nach dem Siege über die Weser zurück. Er will mit Arminius Frieden schließen.

Bertha. Und Marcella benützt die Leidenschaft des Arminius, ihn zum Abschluß des Vertrages zu überreden.

Ingomar. Die Falsche soll uns nicht an Rom verrathen.

(Sie gehen Beide in die Wagenburg zurück.)

Der Vorhang fällt.

Vierter Aufzug.

Wald. Im Hintergrunde das Gehöfte des Arminius.

(Arminius. Die Fürsten der Marsen und Bructerer.)

Arminius. Von den Römern droht uns jetzt keine Gefahr. Die Eifersucht und Mißgunst des Tiberius riefen den Germanikus vom Schauplatz seiner Thaten. Der Cäsar wird in Rom seinen Triumphzug halten und Tiberius denkt nicht daran, einen neuen Rachekrieg gegen uns zu beginnen.

Der Fürst der Marsen. Der schlaue Imperator fürchtet uns nicht mehr?

Arminius. Er rechnet auf die Zwietracht der germanischen Stämme, er will nicht mit Gewalt, durch List und Trug ihre Unterwerfung herbeiführen. Haben sich ihm nicht die ehrlosen Sugamber ergeben?

Der Fürst der Bructerer. Züchtige den feigen Stamm.

Arminius. Schloß nicht der König der Markomannen einen Bund mit Rom?

Der Fürst der Marsen. Marbod ist der mächtigste und gefährlichste Verräther.

Arminius. Ich will ihn vor Allen für seinen Treubruch bestrafen. Sein falscher Sinn hat uns tiefe Wunden geschlagen. Er wies nach der Niederlage des Varus die Verbindung mit den Stammesgenossen zurück, und seine zweideutige Haltung war schuld, daß ich meinen Sieg im Teutoburgerwalde nicht ausnutzen konnte. Der Feigling, der niemals eine Schlacht sah, verbarg sich in den Tiefen der Wälder, als wir für die Befreiung Germaniens kämpften. Das Blut der tapferen Stämme, das wegen seiner Treulosigkeit in Strömen floß, ruft uns zur Rache gegen ihn auf.

Der Fürst der Bructerer. Marbod gebietet über eine große Heeresmacht. Viele kampfgeübte Stämme gehorchen seinem Scepter.

Arminius. Nicht alle Völker beugen sich vor seinem despotischen Willen. Die Semnonen und Longobarden harren nur auf den Ausbruch des Krieges, um ihm den Gehorsam aufzukünden.

Der Fürst der Marsen. Sie schließen sich uns an?

Arminius. Sie boten mir durch Abgesandte ihre Hilfe an.

Der Fürst der Bructerer. O möchte Dein Waffenruhm alle Fürsten wie sie mit Siegeszuversicht erfüllen!`

Arminius. Ingomar wird meinem Kampfrufe nicht folgen. Der greise Oheim will dem Sohne seines Bruders nicht Heeresfolge leisten. Der Stolze zog sich in sein Land zurück. Er mag sich von uns trennen; wir sind stark genug, den Marbod zu besiegen. Ihr verbindet Euch mit mir?

Die beiden Fürsten. Wir kämpfen mit Dir.

Arminius. Kommt in das Heiligthum des Wodan und leistet den Schwur.

(Beide Fürsten gehen ab.)

Arminius (allein). Tiberius konnte uns mit seinen Legionen nicht unterjochen, ich will auch verhindern, daß er mit Bestechung, durch hinterlistige Verträge die germanische Treue zerstört, daß er die Selbstsucht der Fürsten aufstachelt, die Eifersucht der Stämme weckt, die Freiheit Germaniens untergräbt.

Nur die Macht Eines Führers kann Germanien vor dem Untergange schützen. Ein König soll mit dem Schwert die Trotzigen beugen, die goldenen Fesseln zerschlagen, mit denen Rom die Habsüchtigen an sich kettet. Erzittere Rom, wenn einst Germanien sich erhebt! Der Kampfmuth der Stämme ist die Waffe, mit der ich den bleichen Cäsar besiege. Ich will den Kampfmuth erhalten, steigern.

Schon trat der Sendling Roms in mein Zelt. Marcella sucht mich mit den Blutsverwandten zu entzweien, — in das Netz des Tiberius zu verlocken.

rieth sie mir nicht, mit Tiberius Frieden zu schließen? Ich muß den Keim des Verdachtes, den sie in Bertha's, in Ingomar's Brust legte, zerstören.

Kehr' heim nach Rom, du schönes Weib, du berückst mich nicht mit Deinen Schmeichelworten: ich breche nicht den Eid, den ich Thusnelda schwur; ich versöhne mich nicht mit dem grausamen Imperator. Krieg mit Rom, bis ich sterbe!

(Er will gehen, als **Marcella**, von Kriegern verfolgt, aus dem Walde kommt.)

Marcella (eilt zu Arminius). Schütze mich vor den Frechen!

Ein Krieger. Sie tödtete einen Habicht.

Ein zweiter Krieger. Sie büße für den Frevel!

Arminius. Gehet, sie kennt nicht die Sitten unseres Landes.

Ein Krieger. Sie ist eine Römerin, verachtet unseren Glauben.

Ein zweiter Krieger. Bestrafe sie.

Arminius (erzürnt). Ihr gehorcht nicht? Geht in Euer Zelt!

(Die Krieger gehen, Marcella mit den Speeren drohend, ab.)

Arminius. So hältst Du das Versprechen, im Haine Wodans nicht zu jagen?

Marcella. Ich soll nicht einen Raubvogel erlegen?

Arminius. Der Habicht ist ein heiliger Vogel, dem Wodan geweiht.

Marcella (mit leisem Spott). Auch Du zürnst mir ob der Missethat?

Arminius. Belächle den Orakelspruch der römischen Auguren, doch achte den Glauben, für den ein Volk kämpft und stirbt.

Marcella (begütigend). Du grollst mir noch?

Arminius. Ich bin entrüstet, daß Du das Recht der Gastfreundschaft mißbrauchst, und Alle, welche Dir vertrauensvoll entgegenkommen, verletzest.

Marcella. Hat Dich schon die Tochter Ingomar's überzeugt, daß die Fremde sie zum Streit herausgefordert? Sie hat mich nicht beleidigt?

Arminius. Ein einziges warmes Wort hätte Bertha wieder besänftigt.

Marcella. Du entschuldigst sie? Fürwahr, sie hat ein größeres Anrecht auf Deine Vertheidigung als ich. Aus ihrem Auge spricht nur die Treue, ihre Hand legt vorsichtiger den Verband auf Deine Wunde als die meine.

Arminius. Du gönnst ihr meine Freundschaft nicht?

Marcella. Ja, die Fremde, die Römerin, die nicht so denkt und fühlt wie das germanische Weib, kann sie Dir nicht ersetzen. Das bescheidene Moosblümchen des Waldgrundes gefällt Dir jetzt mehr als einst die Prachttulpe des kaiserlichen Palastes.

Arminius. Der Jüngling ließ sich von der Schönheit Julia's blenden; der Mann aber vertauschte den goldenen Becher mit dem Trinkhorn, die Leier mit dem Schwert, die Toga mit dem Bärenfell und fühlt sich in den germanischen Wäldern glücklicher als auf den Purpurkissen der kaiserlichen Gemächer.

Marcella. Der Mann liebt die Freiheit.

Arminius. Auch Du sollst sie wieder genießen. Ich löse jetzt Deine Fesseln, Du kannst nach Rom zurückkehren.

Marcella. Thusnelda kommt zu Dir zurück?

Arminius. Tiberius wies mit Hohn meine Abgesandten ab, die um ihre Auslieferung mit ihm unterhandeln wollten.

Marcella. Was der Herrscher Roms dem Feinde versagte, hätte er dem Freunde nicht verweigert.

Arminius. Dem Verräther!

Marcella. Du schlägst immer nur an das Schwert, verschließest Dein Ohr jedem gütlichen Vergleich, der Deiner Heimat den Frieden sichert. Fürchtest Du die Abhängigkeit von Rom?

Arminius. Ich erniedrige mich nicht zum Sklaven Roms.

Marcella. Herrscht nicht Marbod, der Bundesgenosse Roms, unumschränkt über sein Reich?

Arminius. Sprich nicht von dem Schattenkönig, den Tiberius in seinen Purpur hüllt, sprich nicht von dem Treulosen, dem ich die Krone vom Haupte reißen werde.

Marcella. Das willst Du wagen? Thue es nicht.

Arminius. Du befürchtest, daß ich Marbod besiegen werde?

Marcella. Du wirst, wenn Du gegen Marbod die Waffen ergreifst, einen neuen Krieg mit Rom über Germanien heraufbeschwören.

Arminius. Du bist besorgt um das Schicksal meines Vaterlandes? Nein! Dich sandte Tiberius, mir das Siegesschwert zu entwinden.

Marcella. Die Freundin sucht Dich von diesem verderblichen Vorhaben zurückzuhalten.

Arminius. Die Freundin, die mich vergessen wird, wenn sie wieder in ihrem Palaste ihr Haar mit Rosen und mit Perlenschnüren schmückt.

Marcella. Wenn ich Germanien nicht verlasse?

Arminius. Dann bleibst Du hier nicht ohne Absicht. Die Waldeinsamkeit hält die prachtliebende Römerin hier nicht zurück.

Marcella. Du mißtrauest mir?

Arminius. Die Witwe des Varus spricht ohne Arglist zu dem Feinde Roms?

Marcella. Du glaubtest, daß ich kam, um Dich zu tödten. Du sahst, daß meine Hand erbebte, als ich Dir in's Antlitz sah. Du dachtest an Mord und Rache, in meinem Herzen aber erwachte die Liebe; ich wollte mir nicht mehr den Tod geben, ich wollte leben, — leben nur für Dich! — Arminius! Glaubst Du noch an Mord und Rache?

Arminius (betroffen). Marcella! Du wolltest Dich nicht rächen?

Marcella (leidenschaftlich, einen Moment sich vergessend.) Varus rächen! (Sich schnell fassend, liebeinnig zu Arminius.) Fragst Du noch? Ist Dein Argwohn noch nicht besiegt?

Arminius (für sich). Die Falsche hat sich verrathen.

Marcella. Du schweigst? Du sinnst?

Arminius. Ich soll Dir mein Herz erschließen?

Marcella. Du kannst der Liebenden vertrauen.

Arminius. Dir?

Marcella. Du kannst Dich von mir nicht trennen.

Arminius. Du willst mich verleiten, die Treue, die ich meinem Weibe schwur, zu brechen?

Marcella. Thusnelda ist für Dich verloren.

Arminius. Noch ist sie mir nicht durch den Tod entrissen.

Marcella. Doch verwaist ist Dein Haus; der Einsame wird das liebwirkende Weib schwer vermissen, das mit ihm Leid und Freude theilt, ihn zur That begeistert.

Arminius. Der Haß reicht mir das Schwert, — die Rache steigert meinen Muth.

Marcella. Nur die Liebe soll für die Freiheit Dich bewaffnen.

Arminius. Wende ab von mir den Flammenblick, er täuscht mich nicht, lenkt meine Schritte nicht nach Rom.

Marcella (höchst innig). Er sucht nur Dich, — Dich! —

Arminius. Hinweg, Verführerin! Man löst in Germanien nicht so leicht und schnöde wie in Rom um süße Liebesblicke ein Ehebündniß auf.

Marcella (erregt). Denkt auch so die eifersüchtige Tochter Ingomar's?

Arminius. Sie wahrt stolz ihre Frauenwürde.

Marcella (stolz). Auch die Römerin vertheidigt sie.

Arminius (mit Hohn). Mit dem Schwerte?

Marcella (in höchster Aufregung). Du verhöhnst noch die Zurückgestoßene?

Arminius. Ich lüftete nur den Trauerschleier des falschen Weibes, das Tiberius gesandt, um mich zu verderben.

Marcella (in höchster Aufregung). Ja! Ich kam, um Varus zu rächen, — Dich zu tödten! Verflucht sei Dein Blick, der meine Hand lähmte, daß sie den Todesstoß nicht führen konnte; — verflucht sei die Stunde, ich welcher ich Deinen Edelsinn bewunderte, mich von ihm täuschen ließ; — verflucht sei auch der Schritt, den ich gethan, um mit Tiberius Dich zu versöhnen. Verlache das schwache Weib, verspotte die Thörin, die das Herz eines Barbaren zu besiegen wähnte.

Arminius. Geh' hin zu Tiberius, sag' ihm, daß Arminius in Rom gelernt, wie man Rom bekämpft, — besiegt. Nimm Abschied von Germanien,

meine Krieger werden Dich am frühen Morgen nach
Rom geleiten. (Er geht rasch ab.)

Marcella (allein). Ich bin von ihm verachtet! Ver
höhnt von dem größten Feinde Roms! — Erfahre,
Arminius, daß die Römerinnen noch nicht so tief ge
sunken sind, wie Du glaubst, erfahre, wie sie ver
schmähte Liebe rächen. Auch Du, stolze Fürstin,
Tochter Ingomar's, die mein Liebesnetz zerrissen,
sollst nicht allein die Römerinnen hassen, — Du
sollst sie auch fürchten! (Sie geht erregt ab.)

Verwandlung.

Der heilige Hain des Wodan. Rechts eine alte Eiche.
In der Nähe ein Hügel.

(Flavus kommt, von einem Krieger begleitet.)

Flavus. Wo rasten wir?

Der Krieger. Du stehst in dem heiligen Haine
des Wodan.

Flavus (wirft sich tiefbewegt nieder und küßt den Boden).
Nimm, theure Heimat, deinen Sohn wieder auf!
Mit gebrochenem Herzen küsse ich deinen Boden,
mit Reuethränen benetze ich deine Schollen. O laß'
mich in deinem Schooß das von Gram durchfurchte
Antlitz verbergen. O ich armer Erblindeter, ich kann
deine blühenden Fluren, deine rauschenden Wälder,
deine Flüsse und Quellen nicht mehr schauen. (Er
erhebt sich.) Welch' süßes Gedenken zieht wieder in meine

Seele! (Er betastet mit dem Stabe den Boden.) Hier erhebt sich sanft der Boden. Hier stand einst die alte Donnereiche und streckte ihre mächtigen Aeste zum blauen Himmel empor.

Der Krieger. Sie grünet noch.

Flavus (freudig). Der Blitz hat ihre Krone nicht gespalten, der Sturm sie nicht in den Staub gestürzt! (Er berührt mit dem Stabe die Eiche.) Unter deinem Laubdach strich die Mutter mir oft die blonden Locken, lehrte mich der Vater, wie man den Bogen spannt, den Speer wirft. Horch! Es rauscht in den Zweigen.

Der Krieger. Dein Fuß berührt den Rand der Quelle, die neben der Eiche aus dem Felsen sprudelt.

Flavus. Ja! Die Quelle! (Nach kurzer Pause.) Die Quelle, an der ich für die Geliebte Veilchen pflückte. Armes Mädchen, ich habe Dich so schnöde verlassen! Du vergießest keine Thräne des Mitleids mehr für mich. (Er schreitet weiter und stößt mit dem Stabe auf einen Hügel.) Was hindert meine Schritte?

Der Krieger. Du stehst vor einem Hügel.

Flavus. Von der Eiche links dehnte sich der blumenreiche Anger. Hier war keine Anhöhe.

Der Krieger. Du hältst vor der Ruhestätte Deiner Eltern.

Flavus (im höchsten Schmerze). Vor dem Grabe des Vaters! — der Mutter! (Er sinkt nieder.) O verzeihet mir! (Er erhebt sich wieder.) Stütze mich, führ' mich zum Opferstein des Wodan.

(Der Krieger führt ihn dahin. Flavus sinkt vor dem Opferstein hin. Der Krieger entfernt sich. Arminius tritt im vollen Kriegsschmuck mit einem Boten auf.)

Arminius. Du kommst von Rom? Sahst Du Thusnelda? Lebt mein Kind?

Der Bote. Germanikus traf erst vor Kurzem mit Beiden von Ravenna in Rom ein.

Arminius. Germanikus geleitete Thusnelda und mein Kind dahin?

Der Bote. Auch die Legionen des Cäsars langten in Rom an.

Arminius. Wie? Rom ist in Aufruhr?

Der Bote. In festlicher Stimmung ob des Triumphzuges, den Tiberius dem Cäsar gewährte. Germanikus zieht heute als Sieger durch Rom.

(Der Bote geht auf einen Wink des Arminius ab.)

Arminius (allein). Germanikus führte Thusnelda nach Rom! Sie soll seine Siegeszeichen schauen, die Waffen und Fahnen, die er an der Weser eroberte. Wie? Wenn er Thusnelda, — ich wag' es kaum zu denken, — vor seinem Triumphwagen schreiten läßt! Thusnelda gefesselt! O! — Nein! — So hochmüthig ist nicht Germanikus! So unedel wird er nicht handeln. Doch wenn Tiberius ihm es befiehlt? Wage, stolzer Imperator, ihr diese Schmach zuzufügen; ich räche sie!

(Flavus erhebt sich.)

Flavus. Welche Stimme! — Arminius!

Arminius (tritt zu ihm). Wer ruft mich? (Er erkennt Flavus.) Du? Flavus!

Flavus (streckt ihm die Arme entgegen). O mein Bruder, verstoße mich nicht.

Arminius (hebt ihn empor). Du flohest aus Rom?

Flavus. Laß' mich sterben in der Heimat.

Arminius. Du bist erblindet! Wie verlorst Du Dein einziges Auge? Wie kamst Du hierher?

Flavus. Ein Cherusker, der als Gefangener nach Rom gebracht wurde und dem Germanikus wieder die Freiheit gab, geleitete mich in die Heimat.

Arminius. Tiberius verstieß Dich aus Rom?

Flavus. Ich bin das Opfer des schändlichsten Undankes, — der grausamen Laune des Tiberius. Der Verlust des Geschwaders, als Germanikus mit einem Theil seines Heeres den Seeweg einschlug, erfüllte den Imperator nicht allein mit Mißmuth, sondern stachelte auch seine Rachsucht gegen alle Germanen auf, die an seinem Hofe weilten. Auch mich traf sein Haß. Bestochene Verläumder mußten mich verdächtigen. Ich wurde in das Gefängniß geworfen. Die lange Kerkerhaft raubte mir das einzige Auge. Erst als Germanikus nach Rom kam, wurde ich von den Fesseln befreit. Der Cäsar bot mir seine Hilfe an, mich aber ergriff die Sehnsucht nach der Heimat. Tiefe Reue erfüllte mein Herz. Ich wies die Gunst des Germanikus zurück, verzichtete auf das Recht der Vertheidigung und floh aus Rom.

Arminius. Beklagenswerther! Hättest Du meine Warnung befolgt.

Flavus. O habe Erbarmen, gewähr' mir Zuflucht in der heimatlichen Stätte.

Arminius. Die Wunde, die Du mir schlugst, ist vernarbt. Ich habe Dir vergeben. Flehe jetzt zu den Göttern, daß sie Dir verzeihen.

(Die Priester treten aus dem Hain.)

Arminius (zu ihnen). Zündet für Flavus ein Opfer an, heilt und pfleget ihn.

(Die Priester führen Flavus fort.)

Arminius (zum Oberpriester). Schlachte auch für meinen Sieg dem Wodan ein weißes Pferd.

(Der Oberpriester geht in den Hain.)

Arminius (allein; er kniet in der Nähe des Opfersteines hin). Wodan! Gott des Krieges, ich knie vor Dir in Demuth; sieh' herab auf Deinen Sohn! Erhöre mich, gieb mir Kraft und Muth, den Feind niederzuschmettern. Umschwebe mich, Lenker der Schlachten; schütze mich Gewaltiger! — Unbesiegbarer!

(Er hält eine kurze Pause inne.)

Ich fühle Dich, Erhabener, in dem Wehen der Lüfte, ich höre Dich in dem Rauschen der Blätter. Du nahest mir, — weihest mich!

(Er steht auf.)

O könnte ich jetzt mein Weib, mein Kind in die Arme schließen! — Tiefe Wehmuth ergreift mein Herz und mächtig zieht es mich zu ihnen hin. Ich darf sie nicht schauen, — zum Abschied den Kuß auf ihre Stirne nicht drücken. Die Sehnsucht zersprengt mir fast die Brust, die Thräne umflort meinen Blick. — Wie wird mir jetzt zu Muthe! — Wie hell wird es plötzlich vor meinem Auge! — Ein glänzender Schimmer umgiebt mich!

(Im Hintergrunde des Waldes wird der Palast des Tiberius sichtbar. Tiberius sitzt auf einem goldenen Stuhle, ihm zur Seite gruppiren sich Senatoren, bekränzte Dichter, Kriegsoberste.)

Der Palast des Imperators! — Unbeweglich sitzt Tiberius auf dem goldenen Stuhle. Unheimlich ist sein Blick. Sinnt er auf ein neues Opfer seiner Rache? — Die Senatoren beobachten ängstlich jedes Zucken seiner finsteren Augenbraue. Die Sänger greifen nicht in die Saiten der Leier, — sie wagen nicht, sein Loblied zu singen. Er befahl es noch nicht.

(Trompeten schmettern.)

Horch! Trompetenschall!

(Römische Krieger ziehen mit germanischen Feldzeichen vorüber.)

Ha! Meine Fahnen! In Blut getränkt, — zerfetzt! Wer bringt sie hierher? Germanikus? — Triumphire nicht, ich entreiße sie Dir wieder.

(Gefangene germanische Krieger treten auf.)

Astolf! Armer Astolf! In Ketten, Du, Kämpfer in der Varusschlacht! Knirsche nicht ob der Schmach, ich räche Dich!

(Ein stärkerer Lichtglanz verbreitet sich über das Bild.)

Immer heller wird es vor meinem Blicke. Fast blendet mich der himmlische Glanz!

(Thusnelda schreitet langsam mit ihrem Kinde auf dem Arm heran. Arminius ruft entzückt aus:)

Thusnelda! Heißgeliebtes Weib!

(Thusnelda bleibt auf einen Wink des Tiberius stehen.)

Er winkt ihr, der bleiche Cäsar! Thusnelda! Blick' ihm stolz in das Angesicht.

(Tiberius winkt wieder, man führt Thusnelda vor ihm hin.)

Er winkt wieder. Man führt Thusnelda zu ihm. Er will das Kind näher betrachten? — Ein blonder Knabe! — Mein Kind? Es ist mein Kind! Mein armes Kind! (Er streckt nach dem Knaben die Arme aus.)

(Tiberius zeigt auf den Knaben.)

Schau', Tiberius, in das blaue, unschuldige Auge des Kindes, ein Glück strahlt Dir aus ihm entgegen, das Du nie gefühlt.

(Tiberius wendet sich von dem Knaben ab.)

Tiberius wendet sich von dem Knaben ab. Er zittert er vor dem Knaben, sieht er in ihm den künftigen Rächer?

Ja! Tyrann! Er wird seine Mutter, — mein Vaterland rächen!

(Thusnelda schreitet mit dem Kinde fort.)

O weilet, Ihr Lieben! Weilet! — Sie sind fort, — fort! Ob ich sie wiedersehe!

(Der Siegeswagen des Germanikus wird sichtbar.)

Germanikus auf dem Siegeswagen! Der Lorbeerkranz auf seinem Haupte welkt. Wie siegesstolz, wie heiter blicktest Du in den Weserstrom? Wie traurig,

bleich siehst Du in Rom aus! Bist Du schlacht=
müde? Du freust Dich nicht des Triumphes! Du
kennst die Tücke des Tiberius!

(Ein Schattenbild wird hinter dem Siegeswagen sichtbar. Der Lichtglanz
wird schwächer.)

Sieh' zurück, Germanikus, ein Schatten folgt
Deinem Siegeswagen. Ist es Varus? (Erschreckt.) Es
ist der Schatten des Todes!

(Das Bild verschwindet.)

Arminius (wie aus einem Traum erwachend). Thus=
nelda! Mein Kind am Siegeswagen des Germanikus
schreitend! — Rache! Rache! — Wodan! rufst Du
mich zur Rache auf? Verleihst Du mir den Sieg?
— Ich werde als König Germaniens meinen Sieges=
zug halten!

Der Oberpriester (tritt zu ihm). Das Pferd ist
geschlachtet, — die Opferflamme leuchtet, leg' Dein
Schwert auf den Opferstein, daß es Wodan segne.

(Arminius geht zum Opferstein und legt das Schwert hin. Die Fürsten
der Marsen, Bructerer und andere Häuptlinge treten auf.)

Arminius (kommt zurück; zu den Fürsten). Seid will=
kommen, Stammesfürsten, treue Bundesgenossen!

Alle Fürsten (ziehen das Schwert). Für Germanien!

Arminius. Jugomar fehlt in unserem Bunde.

Der Fürst der Marsen. Er hat sich mit den
Fürsten der Chatten und Tencterer verbunden.

Arminius (für sich). Gegen mich. Der König
wird die Abtrünnigen zum Gehorsam zwingen.

(Zu den Fürsten.) Ihr Fürsten, tretet vor den Opferstein. Wodan, höre unseren Schwur. (Er erhebt die Hand.) Wir wollen ein einiges, mächtiges Germanien! Wir schwören, es mit unserem Schwerte zu erkämpfen, — mit unserem Blute es zu vertheidigen.

Alle Fürsten. Wir schwören es.

Der Oberpriester (reicht dem Arminius das Schwert). Schwinge das Schwert für unsere Götter! (Er geht ab.)

Arminius (schwingt begeistert das Schwert). Für die Freiheit Germaniens! — Bietet Eure Krieger auf!

(Die Fürsten gehen ab.)

Arminius (allein). Ingomar zieht nicht mit uns in den Kampf. Schlägt sein Herz nicht mehr für die Freiheit? Ergreift er für Marbod die Waffen? Hat er mit Marbod sich verbündet, dann fällt er auch mit ihm.

(Er will gehen, als Marcella, einen Dolch schwingend, herbeistürzt.)

Marcella (dringt auf Arminius ein). Du sollst Marbod die Krone nicht entreißen. (Sie will ihn tödten.) So rächt sich die verachtete Römerin!

Arminius. Stirb Mörderin! (Er ersticht sie.)

Marcella (sterbend). Auch Du stirbst, wie Varus, durch das Schwert! (Sie stirbt.)

Arminius (steht erschüttert an der Leiche Marcella's). Im Kampfe! — Durch Verrath?!

Der Vorhang fällt.

Fünfter Aufzug.

Waldwiese. Gehöfte des Ingomar.

(Ingomar tritt mit dem Fürsten der Chatten auf.)

Ingomar. Dich entmuthigt der Siegesjubel, mit dem man Arminius empfängt? Mich entflammt er zur raschen That.

Der Fürst der Chatten. Der Sieg über Marbod erhob ihn zum König über alle germanischen Stämme. Wir können Arminius huldigen. Er wird unsere Rechte achten, mit uns herrschen.

Ingomar. Er wird das Volk gegen uns bewaffnen, uns zur Heeresfolge zwingen, wenn ihm der Vortheil eines Kriegszuges winkt. Mußten wir nicht in allen Kämpfen gegen die Römer seinen Befehlen gehorchen? Wie hochmüthig hat er mich behandelt!

Der Fürst der Chatten. Du tratst ihm stets feindlich entgegen.

Ingomar. Ich vertheidigte nur meine Rechte.

Der Fürst der Chatten. Du huldigst ihm nicht?

Ingomar. Ich beuge mich vor keinem König.

Der Fürst der Chatten. Dann willst Du gegen Arminius die Waffen ergreifen? Mein Schicksal ist mit dem Deinigen eng verbunden. Beschwöre nicht durch eine kühne That seine Rache auch über mich herauf.

Ingomar. Befürchte nichts. Ich fordere Arminius zum Kampfe nicht heraus. Ich will mit List seine Pläne vereiteln.

Der Fürst der Chatten. Es ist zu spät. Die Fürsten rufen ihn heute bei dem Siegesmahle zum Könige aus.

Ingomar (bedeutungsvoll). Er trägt noch nicht die Krone. (Entschlossen.) Ich gehe zu dem Feste.

Der Fürst der Chatten. So willst Du doch Arminius als Sieger begrüßen?

Ingomar. Ich will es. Bei dem Siegesmahle treffen wir uns wieder.

Der Fürst der Chatten. Beherrsche Dich, handle nicht im Haß. (Er geht ab.)

Ingomar (allein). Auch er wird dem Arminius sich unterwerfen. Doch ich knie nicht vor den König hin. Nun an's Werk! Ich trete als sein Ankläger vor die Fürsten hin. Der Bundesgenosse Roms soll unsere Freiheit nicht vernichten. Wenn die Fürsten ihn in Schutz nehmen, — nicht meinen Worten glauben? Wenn sie ihn doch zum König erwählen? Dann, — dann muß Arminius sterben! (Er geht langsam ab.)

(Bertha tritt aus dem Gehöfte.)

Bertha (sieht Ingomar nach). Er geht dem Walde zu. Zum Festmahl? Der Sieg über Marbod hat ihn umgestimmt, er geht, um sich mit Arminius zu versöhnen. Doch sein Schweigen, die geheimen Zusammenkünfte mit den Fürsten weisen darauf hin, daß er etwas im Schilde führt. Schlimmes? — Gegen Arminius? — Es pocht mein Herz, es klagt mich an, daß ich in der Brust des Vaters den Verdacht gegen Marcella geweckt und genährt. Wenn der Verdacht ihn zu einer Gewaltthat antreibt? — Ist Arminius frei von aller Schuld? Nahm er nicht die schlaue Römerin gegen mich in Schutz? Er floh meine Nähe, wich meinen Fragen aus. Er schmachtete in den Banden Marcella's. Die Falsche suchte ihn mit Tiberius auszusöhnen. Doch sie hat Arminius nicht dazu verführt. Arminius durchschaute die Heuchlerin, — ermordete sie.

(Der Fürst der Tencterer tritt in Eile auf.)

Der Fürst der Tencterer. Wo ist Ingomar?

Bertha (in Angst). Du kommst in Eile? Was ist geschehen?

Der Fürst der Tencterer. Wohin begab sich Ingomar?

Bertha. Er ging in den Wald. Du versetzest mich in Angst. Warum kommst Du hierher?

Der Fürst der Tencterer. Ich wollte von ihm Abschied nehmen.

Bertha. Von ihm? Jetzt? Du meidest das Siegesfest?

Der Fürst der Teucterer. So ging Ingomar zum Festmahle?

Bertha. Er verschwieg Dir seinen Entschluß? Warum ziehst Du so schnell in Dein Land?

Der Fürst der Teucterer. Ich lege dem König Arminius mein Schwert nicht zu Füßen.

Bertha für sich. Nun, Ingomar, weiß ich, was Dein Herz bewegt, was Du sinnst. (Zu ihm.) Auch Ingomar verweigert ihm den Eid der Treue?

Der Fürst der Teucterer. Mein Schwur legt mir Schweigen auf.

Bertha. Du rüstest wider Arminius?

Der Fürst der Teucterer. Ich kann Dir nichts anvertrauen. Leb' wohl, mich drängt die Eile. (Er geht rasch ab.)

Bertha (allein). Ingomar ging nicht zum Feste. Er huldigt nicht dem Arminius. Er zieht gegen ihn das Schwert. Er sollte den ungleichen Kampf wagen? Er wird ihn auf hinterlistige Weise zu verderben suchen. Und ich Unglückselige beschwor über ihn das Unheil herauf; ich trage die Schuld, wenn der Heißgeliebte seiner Rache zum Opfer fällt. Wohin riß mich die Leidenschaft, — der Haß gegen die Römerin! — Wie rette ich den Heißgeliebten vor den bösen Anschlägen Ingomar's? Kann ich ihn noch warnen? — Ich muß von ihm die Gefahr abwenden. Ich will zu seinen Füßen stürzen, ihm, dem Theueren, Alles gestehen, die That meiner Eifersucht, — meine treue Liebe. Ich eile zu dem Feste. Fort zu dem Geliebten! Das Herz, das für ihn schlägt, kann auch für ihn den Tod empfangen. (Sie geht ab.)

Verwandlung.

Großer Waldplatz. Ein offenes Prachtzelt, in dem eine Tafel steht, auf welcher sich ein reich verziertes Trinkhorn befindet.

Arminius tritt, das Haupt mit einem Eichenkranze geschmückt, von jubelnden Kriegern umringt, aus dem Waldesdickicht.)

Die Krieger (begeistert). Hoch Arminius! Hoch der Befreier Germaniens!

Andere Krieger. Hoch der Sieger!

Ein Krieger (ergreift seine Hand und küßt sie). Laß' mich die Hand küssen, die uns die Freiheit erkämpfte.

(Einige Krieger bedecken sein Gewand mit Küssen.)

Arminius. Ihr liebt mich! (Ergriffen.) O lasset mich, Ihr Tapferen, laßt mich die Thränen trocknen. (Er wendet sich sprachlos vor Rührung ab.)

Ein Krieger (stürzt zu seinen Füßen). Gesegnet sei die Erde, die Du beschreitest.

Arminius. Erhebe Dich, knie vor Deine Götter hin. (Zu den Kriegern.) Gehet jetzt Alle, opfert dem Wodan, dankt ihm für den Sieg.

Alle Krieger. Hoch Arminius! Hoch der Sieger!

(Sie gehen Alle ab.)

Arminius (allein). Germanikus! Wurdest Du mit solchem herzlichen Jubel in Rom empfangen? Schweigend schaute das Volk die Trophäen deiner Siege; ohne Zuruf senkte der Senator vor ihnen sein Haupt, sich hütend, durch lauten Beifall die Eifersucht, den Neid in der Brust des Tiberius zu wecken. Deine Waffenthaten befreiten nicht das Volk von den Fesseln der Gewaltherrschaft.

Unglücklicher Germanikus! Du selbst ergriffst nicht begeistert den Siegesbecher, du ahntest den Siegeslohn, als der finstere Blick des Imperators auf dir ruhte. Du wardst vergiftet, gingst in deiner Manneskraft in den Hades. Warum erfüllt mich jetzt inmitten des Volksjubels dein gewaltsamer Tod mit Wehmuth und Trauer? Mir steht kein Tiberius gegenüber, mir huldigt ein Volk, das ich aus der Knechtschaft erlöste. Wie? Haftet nicht der neiderfüllte Blick Ingomar's auf der Krone Marbod's, die zu meinen Füßen liegt? Kann ich mich des Sieges freuen, schmachtet nicht Thusnelda in der Gefangenschaft?

Nicht gegen mich, stolzer Ingomar, wirst du deine Krieger führen, gegen Tiberius, wenn der König sein Heer aufruft, um aus den römischen Fesseln Thusnelda, die Königin, zu befreien!

(Die Fürsten kommen.)

Alle Fürsten. Hoch Arminius!

Arminius (nimmt das Trinkhorn). Hoch die Fürsten des freien Germaniens! (Er trinkt und reicht ihnen das Trinkhorn.)

Der Fürst der Longobarden. Setz' Dir die Krone Marbod's auf das Haupt.

Arminius. Nicht die Krone des Markomannenreiches, die Krone Germaniens schmücke den Fürsten, den Ihr zum König der germanischen Stämme erwählt.

Alle Fürsten. Hoch Arminius! Hoch unser König! Hoch der König von Germanien!

(Ingomar stürzt herbei.)

Ingomar. Wählt ihn nicht zum König!

Der Fürst der Longobarden. Er ist Dein König. Schwöre ihm Treue und Gehorsam.

Ingomar. Unterwerft Euch ihm, ich bleibe Fürst in meinem Lande.

Der Fürst der Marsen. Du widersetzt Dich Deinem König?

Ingomar. Ich kniee nicht vor den Bundesgenossen Roms hin.

Arminius. Du wagst, mich des Verrathes zu beschuldigen?

Ingomar. Kam nicht die Friedensvermittlerin des Tiberius in Dein Lager? Ist nicht die Krone Marbod's, welche der Imperator Deinen Waffen preisgab, der Lohn für das Schutzbündniß, das Du mit ihm geschlossen?

Alle Fürsten. Wir sind an Rom verkauft?

Arminius. Ihr glaubt seinen Worten?

Der Fürst der Longobarden (zu Ingomar). Nun denn, Kläger, sprich!

Arminius (zu Ingomar). Widerrufe die Verläumdung!

Ingomar. War Marcella nicht in Deinem Lager?

Arminius. Ich gewährte der flüchtigen Witwe des Varus Schutz.

Ingomar. Doch blieb sie auch nach dem Kriege in Deinem Zelte.

Arminius. Als Geißel für Thusnelda.

Ingomar. Als Buhlerin, die mit ihren Reizen Dich umgarnte.

Der Fürst der Longobarden. Er hat das hinterlistige Weib getödtet.

Ingomar. Er fürchtete die Zeugin seines Verrathes!

Arminius. Frecher Lügner, büße für diesen Schimpf. (Er zieht das Schwert.)

Ingomar (zieht das Schwert). Komm' heran!

(Sie fechten.)

Arminius (fällt verwundet). Ich bin des Todes!

(Bertha stürzt herbei.)

Bertha (zu Ingomar). Halt' ein! — Er ist kein Verräther! (Sie erblickt Arminius.) O! Es ist geschehen! (Im größten Schmerz vor Arminius hinsinkend.) Arminius! (Die Fürsten wollen auf Ingomar eindringen.)

Die Fürsten. Du hast den König getödtet!

Bertha (erhebt sich rasch und stellt sich ihnen entgegen). Bohrt mir den Stahl in das Herz! Ich bin die Schuldige! Ich weckte und nährte in der Brust des Vaters den Verdacht.

Arminius (wehmüthig zu Bertha). Auch Du warst gegen mich?

Bertha (kniet wieder bei Arminius nieder). O vergieb, Du Heißgeliebter! Ich liebte Dich, ehe Du um Thusnelda warbst. Hoffnungslos war meine Liebe, als Du sie als Braut heimführtest, — doch mein Herz blieb Dir treu. Die Eifersucht gegen Marcella riß mich zu dieser leidenschaftlichen That hin. Ich wollte die gehaßte Römerin verderben, doch nicht Dich!

Arminius (sanft zu ihr). Du liebtest mich? — Ach! Thusnelda! (Er erhebt sich, zu den Fürsten.) Seid einig, wählt einen König aus Eurer Mitte. (Er sinkt zurück.)

Ingomar (naht sich ihm erschüttert und reicht ihm die Hand). Arminius! Ich habe Dich verkannt. Vergieb!

Arminius (reicht ihm die Hand). Leb' wohl, freies Germanien! — Thusnelda, — mein Kind! (Er stirbt.)

Bertha (aufschluchzend). Er ist todt, — dahin mein Lebensglück! — Gebrochen ist mein Herz! — Freija!

Hehre Göttin! Nimm auf die Reuige als Deine Priesterin! (Sie verhüllt mit ihren Händen das Gesicht.)

Ingomar (tritt zu ihr heran). Mein armes Kind! (Die Fürsten treten an die Leiche des Arminius und senken über ihr die Schwerter.)

Die Fürsten. Unsterblicher! — Befreier Germaniens!

Der Vorhang fällt.

———— ⁂ ————

Druck von Adolf Holzhausen in Wien,
k. k. Hof- und Universitäts-Buchdrucker.